Niebla al mediodía

Tomás González

Niebla al mediodía

Título: *Niebla al mediodía*
Primera edición: marzo de 2015
Primera reimpresión: abril de 2015

© 2015, Tomás González
© 2015, de la presente edición en castellano para todo el mundo:
Penguin Random House Grupo Editorial, S. A. S.
Cra 5A No 34A – 09, Bogotá – Colombia
© Fotografía de cubierta modificada: Juan Carlos Bustamante,
http://commons.wikimedia.org/wiki/File:Jardin_Botanico-Bosque_de_Guadua-Medellin.jpg

Ilustración de cubierta: Patricia Martínez Linares

Diseño: proyecto de Enric Satué

Impreso en Colombia–*Printed in Colombia*

ISBN: 978-958-8883-39-7

Compuesto en caracteres Garamond
Impreso por Editora Géminis Ltda.

| Penguin
Random House
| Grupo Editorial |

Lo horrible, lo suntuario, lo lentísimo,
lo augusto, lo infructuoso,
lo aciago, lo crispante, lo mojado, lo fatal,
lo todo, lo purísimo, lo lóbrego,
lo acerbo, lo satánico, lo táctil, lo profundo…

CÉSAR VALLEJO

Raúl

La montaña donde está la finca de Raúl, y también la de Julia, es muy cambiante. De clima más frío que templado, y siempre húmedo, a lo largo del día se suceden allí con frecuencia las lluvias, las nieblas y los soles. Julia había comprado la suya hacía mucho tiempo, atraída por el exuberante follaje de la región, según decía, y por la belleza de aquellas lluvias y de aquellos soles. Él compró hace apenas cuatro años, atraído por ella. Se casaron en un bonito pueblo colonial a tres horas de Bogotá y, luego de dos años y medio, Julia lo dejó, se casó con otro algún tiempo después en ese mismo pueblo y hace ya casi siete meses desapareció sin dejar rastro.

El follaje exuberante es por la abundancia de agua. Los que dicen que el mundo va a ser un desierto no han ido por esos lados. Allá el fin del mundo va a ser con agua. Cae por todas partes, brota por todas partes, flota. Más preocupan en esa región las carreteras desbaratadas y los derrumbes. En las cuatro fanegadas de la finca de Raúl hay tres nacimientos de agua; está el arroyo El Raizal, que suena a diez metros de la casa; y, a unos mil metros, baja de la montaña entre piedras grandes el río Lapas, que por estos días ha estado torrentoso.

El invierno, muy fuerte en todas partes, lo ha estado aún más en esta región, ya de por sí lluviosa. En los últimos tres meses han caído aquí las lluvias que normalmente se tienen durante el año entero.

Soles, pocos.

Sentado en el corredor, Raúl oye al mismo tiempo el arroyo, el aguacero y el río. Su silla es de vaqueta y espaldar recto. En el corredor no quiso poner guadua, para no hastiarse, pero sí baranda de madera de palma macana y cielos rasos con paneles de varas de bambú de unos dos centímetros de diámetro. A Raúl le gusta lo que hace. No tuvo necesidad de estudiar arquitectura: aprendió con los maestros de obras y aprendió de los libros y mirando por ahí. Se graduó de ingeniero hace mil años, trabajó en eso menos de dos, se aburrió. Aprendió a manejar la guadua y la sabe usar en sus construcciones, sin atosigar la vista. *Bambusa guadua*. Libros sobre sus trabajos salen en ediciones de lujo, con fotografías buenas y textos aburridores, que nadie lee. Julia escribió cuatro poemas para uno de ellos y a Raúl le parecieron tan aburridores como los textos, pero le dijo que le gustaban. Y como ella tenía cierto renombre, los incluyeron en el libro, o es posible que a los editores en verdad les hayan gustado.

Mucha gente admiraba sus poemas. A los intelectuales que de vez en cuando la premiaban les parecían buenos, por supuesto. A veces Raúl vuelve a leerlos, para tratar de entender lo que veían en ellos, pero él es aficionado a los versos de gitanos de García Lorca y a los poemas de César Vallejo, en especial a los dos o tres que se entienden. De poesía no ha leído mucho más y no se considera capacitado para juzgar sobre el tema. Cuando le dijo a Julia lo que le pasaba con García Lorca, ella comentó: «Si te aburre *Poeta en Nueva York* estás cagado», y Raúl se alcanzó a sulfurar. A partir de entonces, Julia se dio a hablar de sus rabias para arriba y de sus rabias para abajo. Raúl se convirtió para ella en hombre iracundo.

A Raúl la plata ni le sobra ni le falta y es generoso para invertir en su finca, que mantiene bien cuidada. La camioneta, de platón, para cargar materiales, no es nueva, pero marcha bien. No le ha pesado haber vendido la finca que tenía por Cucunubá, bonita pero muy seca, para comprar aquí. El apartamento donde vivió y trabajó tanto tiempo en Bogotá está alquilado y es otro ingreso. Ya nunca lo usaba. Prefería quedarse «encerrado en su finca», como dicen sus amigos y como decía Julia, que lo acusaba de huraño. Si Raúl iba a Bogotá era por ella y solamente por ella. Esos se la pasan metidos en los cien metros de un apartamento, piensa Raúl, o en los cincuenta centímetros cuadrados del asiento de un automóvil, y él, que vive gran parte del día con sólo las nubes sobre la cabeza, supuestamente es el encerrado. Su empresa tiene un empleado permanente, él, y un gerente, él. El logotipo de la guadua que brota de la tierra como un espárrago gigante lo diseñó y pintó él mismo.

Lo llaman más de lo que quiere ir, y lo llaman de todas partes del país. También dicta charlas sobre la guadua, y hasta a Japón ha ido a parar. Prefiere diseñar casas completas que áreas específicas, aunque a eso también le encuentra su encanto —cielos rasos de salas o de comedores, por ejemplo, casi siempre con una combinación de guaduas y cañabravas, que es de mucha armonía, si se la sabe hacer—. Cobra muy caro, para que no lo molesten demasiado. Prefiere la cañabrava de hoja azul, de tallos más gruesos y brillantes que los de la cañasbrava corriente. Ésta es delgada y tiene cierta textura pajiza que queda bien en biombos o tabiques separadores de ambientes. También usa papiros, juncos o palma. Cuando se pone a pensar en juncos y bambúes y cañabravas, se le van las horas combinando posibilidades de texturas y colores. Colombia es un paraíso en cuanto a materiales. En la salida para Bogotá hay unos artesanos que tejen las cortezas secas del plátano para hacer muebles de «mimbre». Los muebles son algo toscos todavía, pero la textura tiene su encanto. Raúl va a pasar esta semana por el taller, a hablar con ellos.

Este encoñe con su trabajo, como lo llama su hermana Raquel, lo salvó de Julia y de su abandono. ¡Cómo alcanzó Raquel a detestarla! Raúl sigue siendo el hermanito menor, así esté cincuentón y ella le lleve sólo dos años. Si no hubiera sido por su trabajo, Raúl se habría muerto de inanición, o se habría enloquecido. Se vio mal.

JULIA

Me casé cinco veces y siempre terminé libre e independiente y sin marido que me enredara la vida. Seis. No fui nunca la sombra de nadie. La gente de la región decía que cuando me cansaba de ellos los tiraba a la laguna con piedras amarradas a los pies, qué ironía, o los enterraba en el cafetal, o salía a venderlos. Bueno, eso dijeron de los cuatro primeros, que, a diferencia de Raúl, se fueron y nunca más volvieron por allá. Jorge, el papá de mis dos hijas, se murió de leucemia hace un tiempo, y Marcelo murió desangrado, por negligencia de los paramédicos, después de un accidente de carretera, hace años también. Con los otros dos hablaba de vez en cuando por teléfono, o me tomaba con ellos un café en Bogotá cuando por casualidad me los encontraba. Si pasaba mucho tiempo sin tener noticias, los llamaba para saber cómo estaban. De Raúl no iban a poder decir que lo había enterrado en el cafetal, pues allá lo veían en su finca, cada vez más tapada por el monte, obviamente sin que nadie lo hubiera vendido, ja, ja, ja, dedicado a su guadua y demás manías, como siempre, y más huraño y solitario que nunca.

Como empecé tarde mi carrera de escritora, es decir, cuando me separé de mi primer marido, tuve que consagrarme mucho a ella y les perdí la paciencia a las personas como Raúl, que exigen demasiada atención por sus rarezas y manías. A mí me gustaba la belleza de lo simple. Dirán que era intolerante, pero nada más lejos de la verdad. Con él fui más tolerante que con cualquiera de los otros, pues Raúl es una persona única, yo soy la primera en reconocerlo, un artista a su manera, y en verdad me preocupé cuando rompí con él, pues sabía lo mucho que me amaba y no estaba segura de que pudiera soportarlo. Cuando le dije que termináramos, que mi amor por él había muerto, escribí un poema en mi blog en el que decía que uno no reinaba en su propio corazón y que los sentimientos debían fluir siempre como el agua lluvia, nunca estancarse. Lloré como pocas veces lo había hecho. Incluí el poema en una antología de poetas latinoamericanas que publicaron en Buenos Aires a finales de ese año. Y gustó por lo sentido y por la audacia mía de decir lo que vivía, sin rodeos ni hipocresías. Mis poemas tocaban el alma de mis lectores. Yo era íntegra. La gente que los leía o escuchaba se conmovía; algo oían de sí o del mundo a través de mis palabras y algo mágico sucedía. Algo impredecible y fuerte.

¡Qué hermosa era la lluvia! Había que ver cómo pegaba contra todo. Escribí un poema que decía eso nada más, qué hermosa que es la lluvia, y después había una metáfora sobre el repiquetear en las hojas de los plátanos allá en la finca de Raúl y sobre el agua que iba a juntarse con el caudal mayor del Lapas, que nunca, nunca paraba de sonar.

«Oye, ¿dónde se apaga la vaina esa, para dormir?», me preguntó Humberto Fajardo la primera vez que estuvo allá. Era gracioso el bobo ese, quién iba a pensar que al final resultara tan violento. Y era totalmente urbano. Reurbano. Se impresionó de ver tanta agua por todas partes, como en el poema que escribí sobre los árboles, que parecen medusas marinas. También decía que esas montañas desde mi terraza se parecían al mar. *Eran* el mar. Le gustaban mucho mis poemas a Humberto, aunque no los entendiera a fondo, pues lo mío era lo elemental profundo. Yo era ante todo una persona lírica, una poeta. Lo de él eran la publicidad —los negocios, en otras palabras— y los deportes extremos.

Esto aquí donde estoy ahora es como una hamaca. Mucha paz. Una delicia.

RAÚL

Los guaduales de Raúl son para mirar, nunca los corta. En un depósito de maderas de Bogotá compra guaduas del Quindío, ya tratadas contra el comején, biotipo Castilla, de mayor diámetro que las de esta región. Ha usado en columnas las más gruesas, que alcanzan casi treinta centímetros de diámetro y serían capaces de aguantar el edificio de la Chrysler. También compra en los depósitos el bambú y la cañabrava, para no cortar los suyos. Hizo un bosque de bambúes, con un claro en el centro donde puso dos piedras grandes, pobladas de líquenes, que tuvieron que llevar con retroexcavadora y que después se llenaron de helechos, algunos de ellos minúsculos y muy perfectos. Cuando se habla de helechos, se puede decir que los hay perfectos y muy perfectos. Medio maricones, los bosques de bambú en comparación con los de guadua, piensa Raúl. Le gusta, sí, el piso de hojas que forman. «¿Trayendo leña al monte, don Raúl?», dicen los camioneros cuando llegan con materiales a su finca, oscurecida por los guaduales…

Paró de llover. Cuando eso ocurre llega la niebla, como ahora, y, sin pedir permiso, entra y deja goteando los muebles de la casa. O sale el sol. O hay niebla y lluvia en una parte de la montaña y sol y lluvia en otra.

Raúl trabaja por gusto. La riqueza, piensa, es necesitar poco. Julia insinuaba que eso era falsa modestia de su parte, un cliché, mera pretensión de humildad y hasta de santidad, mejor dicho, hipocresía. Recuerda Raúl al comerciante de esmeraldas que le ofreció una millonada para que le diseñara una casa en el pueblo de Pacho, cerca de las minas de Muzo. Era bajito y gordo, muy simpático, y no tenía cuello. «Toda, toda, toda en guadua», dijo con mucho entusiasmo el esmeraldero. Piso, paredes, puertas, escaleras, pasamanos, balcones, bajantes, canales en guadua. La estufa y el inodoro serían lo único hecho de otro material aunque, con un esfuerzo, también podrían ser de guadua. Raúl se aguantó las ganas de la plata, pues la idea era de pesadilla, y al final se negó. El señor era muy cordial y estaba aún más enamorado de la bambusa que él.

Le ofrecen lo que no quiere construir, tumban lo que ha construido. La capillita que hizo en un pueblo de Caldas, a la que se apegó tanto, ha sido lo más bello que ha hecho en la vida. Se quería sacar por fin el dolor de lo de Julia y le puso el alma. Es cierto que le habían advertido que la capilla iba a ser provisional, mientras hacían la iglesia de verdad, pero uno no construye las cosas pensando que las van a tumbar, así que no preguntó lo que entendían ellos por provisional. Arcos y semiarcos de guadua, paredes de barro y esterilla de guadua, a veces visible, a veces pañetada con barro y estiércol de caballo y pintada de amarillo ocre y rojo colonial. Techo de palma. El púlpito era de bahareque pañetado, también pintado de rojo colonial, y sobre él puso Raúl una cruz sencilla de madera de palma macana, gruesa y casi negra. Mucha riqueza en las partes y sencillez del conjunto. Como si Raúl creyera en Dios. Una belleza. Entonces lo primero que hizo un párroco nuevo fue derribarla, porque no somos hormigas, dijo, para construir con boñiga y basura la casa del Señor. Ya habían empezado a dar misa en el pegote moderno, lleno de columnas y picos de cemento, que eran desapacibles cuando la iglesia estaba en obra negra y siguieron siendo desapacibles, ya terminada. Provisional quiere decir provisional, le dijo el cura. Sólo las fotos quedaron.

Curas brutos.

Raquel

Nunca logró entender Raquel cómo pudo haberse enamorado Raúl hasta ese punto de semejante imbécil. Hasta el sentido del humor le quitó, a él, que puede ser tan gracioso a ratos. Y no lo dice porque sea su hermano, aunque eso influyó también, claro, pues de otra manera ni siquiera se habría enterado de la existencia de esa mujer. Lo dice porque así fue, nada se está inventando. Y que no le vengan ahora con la historia de que los días del machismo se acabaron y que Julia no tenía por qué ser la esposa sumisa de nadie, porque no se trató de eso. Que no le vengan con feminismos. Raquel ha estado con las feministas desde que tuvo uso de razón hasta hoy, tanto que ya la empiezan a hastiar. Lo dejó porque se cansó de él; y se cansó de él porque no le prestaba suficiente atención a lo que ella consideraba su carrera y no le aplaudía todo lo que decía y hacía.

Esos que viven para que los aplaudan, sean hombres o mujeres, son unos vampiros.

Ayer por la tarde se desató una de las tormentas de nieve más grandes que Raquel ha visto nunca, y hoy bajó la temperatura tanto que el Hudson se congeló hasta casi la mitad del río. El agua congelada es de un tono azul parecido al de la sal de la catedral de Zipaquirá. Los patos le caminan por encima. Raúl vino a pasar la Navidad con ella y Julián, y se fue hace pocos días. De haberse quedado una semana más le habría tocado el espectáculo, pero nada, se puso de afanoso, y es que le hace falta el monte ese donde vive y la muchacha que tiene ahora, se imagina Raquel.

¡Lo bien que se veía! «Hasta recuperaste el sobrepeso», le dijo Raquel. Pero la muchacha es demasiado joven para encerrarse en una finca con un cincuentón, y ella piensa que aquello no va a durar. Que feo no es, para qué, el monte de Raúl, esas montañas neblinosas. Raquel no viviría allá, no. Después de treinta años en Inwood se enloquecería con todo aquel follaje asfixiándola. Ella es de aquí ya, qué tristeza. O no, ¿por qué tristeza? La realidad no es mejor allá que aquí. ¡Ni que estuviera en Phoenix! Y ahí está otra vez la nieve cruzando copiosa por la ventana. De postal. Muy bonita hasta que empieza a ensuciarse en las aceras y a derretirse y ponerse inmunda.

Cuando Julia lo dejó, Raúl se quedó durante varias semanas muriéndose de la tristeza en su finca. Preocupada por lo que pudiera pasarle, Raquel lo invitó y, después de mucho rogarle, Raúl al final se animó y se estuvo casi un mes aquí con ella y Julián. ¡Qué hombre más apaleado! Ni los chistes de Julián, que siempre lo habían hecho reír, lo reanimaban. Aquella vez Raúl llegó en agosto, en uno de esos veranos que ponen a boquear a todos como bagres en esta ciudad. No podía estarse quieto y salía a caminar desde las cinco de la mañana y llegaba a las nueve, diez de la noche. Los tenis le olían a mortecina, de tanto sudar, cuando se los quitaba. Él no bebe alcohol cuando está mal, sino que se pone a caminar, según se dio cuenta Raquel en esos días. «Ya te paso una ponchera con Clorox, para que descansés los piecitos, que debés estar molido», le decía, y él a duras penas sonreía. «No le hagás tanto caso a eso, Raúl. El encoñe en algún momento se termina. Siempre, siempre, *siempre* se termina».

Y era entonces cuando le decía que no entendía cómo podía haberse enamorado hasta ese punto de semejante vieja pendeja.

Con eso no la estaba insultando sino describiendo. No era *spring chicken*, como dicen por aquí con tanta gracia de las que se las dan de jóvenes; y a su modo de ver era boba de remate, a pesar de la pose y el éxito y las apariencias. Lástima lo que haya sido que le pasó, pero al pan pan y al vino vino. Raquel se ha leído sus

Emilys, sus Gabrielas, sus Sylvias Plath, gente de verdad buena, de eso sabe, de eso vive, eso enseña. A ella no la engañaba. Los versos parecían de persona sabia, pero uno los miraba bien y los volvía a mirar y no terminaba de entender qué coños era lo que estaba diciendo. Y cuando se entendía algo, resultaba ser un cliché. Además, eran casi siempre sobre ella misma: *Yo, profundo blablablá, yo, yo / Yo, blablablá, yo / Yo, yo, profundo demasiado profundo, yo, yo / Yo.*

Julia

Mi poesía era delicada y a la vez compleja, como la flor de los iris que tenía alrededor del patio empedrado de mi finca. Flor de pubis la llamaba Humberto Fajardo por chiste. La última vez que los vi, los iris estaban metidos en una espesa niebla de mediodía. Estuve a punto de llorar. Cuando subía la niebla a mi finca era como si todo flotara sobre las nubes. Flotara entre las nubes. O flotara *con* las nubes. Yo estudiaba las posibilidades verbales de la idea y después el poema se iba decantando. Así era mi poesía. Yo no la apresuraba ni la obligaba y siempre tocaba de forma profunda a quienes la leían. Lo mismo con el canto, que estudié tantos años. Eso no quiere decir que uno deba escribir poco o contenerse si se es prolífico, como era mi caso. Una cosa no tenía por qué quitar la otra. Igual que sucedía con los nacimientos de agua: no paraban y el agua era siempre pura.

Aquí se juega con «paraban» y «pura».

Prolífica y rebelde. Una contestataria. Y no fue el éxito lo que no me perdonaron —éxito relativo, claro está, como lo es siempre— sino haberlo logrado como lo logran los hombres. Nada de escribir libritos para ver si a alguien de pronto le llaman la atención. La niñita modosita, no. En esto uno se tenía que lanzar para adelante, moverlos, promoverlos. Si era del caso, escribir reseñas de tus propios libros, y no estabas engañando a nadie, pues creías en lo que presentabas, creías en lo que promovías, en ti misma. Así lo hacía Walt Whitman. ¡Viejo hermoso, Walt Whitman! Hacer que tu nombre apareciera en los periódicos. Si yo hubiera sido novelista, de eso se habría ocupado mi agente, pero la poesía se mueve de otra manera. Es la forma más antigua de la literatura y la que menos vende. Antes era distinto, la poesía era la reina, no el mercado.

ALEJA

Aleja piensa que Raúl era una persona demasiado básica para una mujer como Julia. Nunca se lo dijo, por supuesto, así hayan sido mejores amigas, pues uno no debe inmiscuirse en esos asuntos... Básica no, claro que no. Cómo se le ocurre. *Directa* es la palabra. Una persona demasiado directa, piensa, para alguien tan susceptible con su trabajo como era ella, con lo que era su pasión, con lo que era su vida.

Raúl nunca entendió que Julia, por ser una mujer tan sensible, hubiera reaccionado de esa forma dura y definitiva sólo para defenderse del modo que tenía él de decir las cosas. O de decirlas sin decirlas, que a veces es su estilo. Cuando ella lo dejó, Raúl llamó a Aleja varias veces, para ver si podía explicarle lo que había pasado. Muy difícil. Ella le dijo que, a su modo de entender, él había manejado mal el asunto ese del libro de Julia, no por lo que le había dicho, sino por la forma de decírselo. Raúl le contestó que sólo había una manera de decir que una naranja es dulce o es ácida. «Yo pienso que es más humillante que a uno le doren la píldora como a un retardado mental». Parecía a punto de enojarse. Aleja lo tranquilizó tanto como pudo, pues estaba deshecho, pero no hizo más intentos de explicarle su versión de lo ocurrido.

¿Cómo es posible que alguien sea tan callado y tan franco al mismo tiempo?

Nada más por el físico eran ya pareja dispareja. Bajita y llena de vida, ella, mientras que Raúl es muy alto y despacioso para moverse y para decir lo poco que dice. Buenmozo sí es, a su manera, con sus kilos de más y todo, con ese tono bonito de piel, como de hindú, y esos ojos grandes y tan brillantes que tiene. Aleja cree que ella le gustaba, pues se mostraba muy afectuoso y le alababa mucho el cuerpo, que mantiene muy juvenil por el yoga y el baile. Aleja tiene cuarenta y cinco años y esos mismos dice siempre que tiene, pues nada envejece tanto como tratar de quitarse los años o actuar como persona joven.

Como yoguini, Aleja cree en el destino y piensa que a los dos les correspondía pasar por aquello tan horrible en sus ciclos de nacimiento, vida, muerte y reencarnación. Claro que no le dijo eso a Raúl, por supuesto que no. ¿Para qué? Mira que coincidir allá, él y Julia, los dos invitados por la misma universidad, pero cada cual para lo suyo, claro. Raúl ya había vivido un año en Nueva York, conocía la ciudad, y la invitó a mostrársela. Aquí en Bogotá nunca se hubieran conocido, tal vez, pues se movían en ambientes distintos. Él se la pasaba en sus fincas, igual que hace ahora, y ella en sus recitales y demás asuntos de poesía. Llevaba ya tres años sola, después de Diego. ¿Cómo puede ser uno fotógrafo y faltarle un ojo? A Diego le faltaba el derecho y lo tenía de vidrio. Así y todo, buenmocísimo también, pero más fino que Raúl.

Aleja en su lugar se habría puesto un parche.

RAÚL

Se acostaron en el apartamento que él tenía al lado del Jardín Botánico de Brooklyn, en pleno invierno, febrero, y estuvieron encerrados cuatro días. Los cuervos graznaban en el Jardín mientras ellos iban del sueño al amor al sueño. Aquello fue tres meses antes del regreso. Ella era pequeña y liviana, pero intensa, y se penetraba ella misma con él por todas partes, mientras Raúl se quedaba inmóvil boca arriba, en el paraíso. Esas imágenes que se fueron formando a lo largo de los dos años y medio que estuvieron juntos todavía le producen tristeza. Ya no demasiada, tampoco, pues cada polvazo de esos lo pagó caro. De haber sabido lo que me esperaba mejor me habría hecho la paja, piensa. Comentárselo a Raquel, para hacerla reír, ella que es tan malhablada.

Raquel no pudo con Julia desde el puro principio. Nada le comentó ese día, pero Raúl se dio cuenta de que no le había caído bien. Esa curiosa manera de Julia de ponerse infantil y hablar de repente como una niña de diez años, como para hacerse la simpática y congraciarse con la otra persona, hizo que Raquel le tomara primero desconfianza y después antipatía. Tampoco a él le gustaba mucho aquello que digamos, pero se fue acostumbrando. En un momento era una poeta sensible, madura y profunda, dispuesta a hacer lo que fuera por su carrera, y de repente, pum, la niña de diez años. El papá la mimó demasiado, la aduló demasiado, con buena intención, claro, piensa Raúl, y la mamá la odiaba y la despreciaba. Una arpía insignificante cuando él la conoció, la mamá, vieja y fea, pero debió ser una presencia aterradora para Julia, y probablemente hasta bella fue en esa época. Dejaba de hablarle durante semanas, para castigarla. A una niña de seis o siete años. Entre los demasiados mimos y el desprecio la descuadraron toda. Lo del apartamento del Jardín Botánico fue muy bello, estaban enamorados, por lo menos él, y ya sólo eso justificaría lo que le tocó sufrir después y habría hecho que todo valiera la pena. O casi. No se sabe.

Aleja

Afianzar la academia de yoga en La Soledad antes de seguir con la de Santa Bárbara. Carrera tercera o cuarta, arriba. Clave que Diana, la hija mayor de Julia, haya aceptado ayudarle en la administración y como instructora. Cuatro de la tarde. Vuela el día. Excelente yogui y administradora, aunque estudió diseño, nada que ver. Va a ser la perfecta para manejar esto aquí mientras Aleja pone a marchar lo de allá. Es como si fuera su hija. Y que Dios la perdone, pero Aleja piensa que la falta de Julia les ha convenido mucho a las dos, especialmente a Diana. Ya no tiene que estar demostrando tanto lo eficiente y genial que es, cosa que la hacía antipática, como le pasaba a la mamá —se parecen mucho, sólo que Diana es alta como el padre—. Y Manuela, que era todo lo contrario, demasiado dependiente, ahora es mucho más persona. Julia las mimaba, adoraba, pero, como era tan talentosa, también las abrumaba. Aleja sabía que Diana por momentos había llegado a odiar a su madre. Una noche se presentó en el apartamento de Julia una discusión entre madre e hija que terminó en palabrotas y casi en agresión física. Cuando Aleja llegó, se oían desde la calle los insultos de Diana, crudos, básicos, y al Aleja entrar se produjo un silencio tenso y triste que no duró mucho, pues Diana se marchó dando un portazo. Aleja nunca supo el motivo de la pelea, ya que ninguna de las dos se lo dijo y ella no quiso preguntar. Diana dejó de hablarle a Julia casi tres meses y durante ese tiempo, cuando la mencionaba, la llamaba la poeta de mierda esa. Entonces, siguiendo los consejos de Aleja, hizo el esfuerzo de ponerse en el pellejo de su madre y aceptarla como era, hasta donde le fuera posible. Hicieron las paces y sus relaciones mejoraron bastante a partir de entonces. «A mis hijas les tocó muy difícil, Aleja, por haber tenido una mamá tan berraca como yo», le dijo Julia un día. Y talentosa y ambiciosa sí era, desde que estaban en el colegio, aunque difícil a veces de tener como amiga. Cantaba como un ángel, con esa voz rasposa y fuerte que le venía de muy adentro. Diana se defendió mejor, pero Manuela, tal vez por ser la segunda, era la sombra de la mamá y vivía para admirarla. Aleja no dice que una niña no deba admirar a la mamá, y más en este caso, pero tampoco hasta negarse ella misma. No lo parecía, claro. Manuela trataba de afirmarse y todo eso, de mostrarse segura, pero uno la veía ansiosa cuando no podía sostenerse en la mamá. Y, al faltar Julia, terminó emparejándose con un muchacho sano, sí, pero muy machista, muy básico, ese sí, y ahora corre peligro de volverse la sombra de ese muchacho, que lo que se dice quererla, no piensa Aleja que la quiera. Ella va a hacer todo lo que esté a su alcance para que rompa con él y se consiga un novio que de verdad la merezca. Alguien más culto, con más luces espirituales, pues Manuela es demasiado suave, eso no lo niega nadie, casi melosa a veces, pero es inteligente. Podría trabajar también con ella cuando termine la universidad. Excelentes notas. Dos años pasan como nada. Y sicología, al fin de cuentas, es más afín al yoga que el diseño.

El indigente que pasa varias veces por semana escarbando las basuras de la cuadra acaba de romper las bolsas negras al frente del edificio en cuyo primer piso funciona el instituto, y está regando sin piedad el contenido por la calle. No le importa que le esté cayendo el aguacero encima ni que ella lo esté mirando desde la ventana. Aleja no le hace señas de que deje ya mismo de hacer lo que está haciendo, pues podría sacarse el horroroso pene y mostrárselo, como sucedió otro día. De vomitar dan ganas. El yoga enseña autocontrol. Siempre es lo mismo. La basura la pone toda organizada la muchacha del servicio y llega el oso cochino ese, rompe las bolsas y deja todo hecho un chiquero. Y lo insultan a uno. Son hampones disfrazados de mendigos, y ahora a Katerina le va a tocar salir a recoger todo, pañales poposeados, tampones… Pobre, ella que se mantiene con ese delantal tan blanco. Cuando escampe, claro, qué se va a ir a mojar ahora.

RAÚL

Besos en los pasillos de Rite Aid, como adolescentes. Fotos entre los cerezos florecidos del Jardín Botánico, donde hacía él la pasantía. Abril. Nunca es uno demasiado viejo para el amor y sus ridiculeces, piensa, ni tampoco para las pasantías. En la calle, Julia de pronto empezaba a cantar. Hermosísima voz, la gente la felicitaba. Se hubiera dedicado a eso, más bien, y habría salido Raúl mejor librado. Mucho se conmovió la tarde en que ella se sentó en una banca en plena catedral de Saint John the Divine y rompió a cantar el *Ave María*. Ni tampoco es uno nunca demasiado viejo para el dolor sordo del amor apuñalado. Las comparaciones son siempre con corazón y puñal desde que existen corazones y puñales y mujeres jodidas, piensa Raúl, pero lo que se siente cuando te abandonan de esa forma es sobre todo asfixia.

Los cerezos del Jardín Botánico de Brooklyn son una de las maravillas menores del mundo. Sólo les gana como maravilla menor algún espeso guadual del Quindío. Todo era bonito, todo parecía propicio, como dice el *I Ching*, que Julia tanto consultaba. Cambiaron el tiquete de ella para viajar juntos a Bogotá y se besaron en las sillas de la sala de espera de Newark, se besaron y acariciaron en el avión, se besaron en la fila de inmigración en Bogotá, larga y lenta, con cinco vuelos internacionales de un golpe y gente cansada y aburrida que miraba sin interés a esas dos personas ya maduras, con mucha diferencia de estatura, que se apretaban la una contra la otra, arrastraban un poquito las maletas y volvían a besarse y apretarse. Llevaban tres meses ya besándose y apretándose en público y en privado…

Bello por dentro, poco atractivo por fuera es el amor, piensa Raúl.

En todo caso le parecía hermosa, dijera Raquel lo que quisiera. Mirada inquisitiva, fuerte, ojos negros intensos y actitud un poco desafiante —cuando no estaba hablando como niña de diez años, claro—. Y no fue algo que Raúl se inventara, pues otros cuatro prójimos la habían visto así, hermosa, antes que él. Dos de ellos ya difuntos. Claro que a Raúl, por fortuna, le tocó con la piel ya medio ajada y apergaminada, y nalgas algo caídas. Si lo hubiera agarrado con todo el atractivo de su juventud, piensa, lo habría destruido.

JULIA

Esto aquí es como una hamaca. Mucha paz. Una delicia. El agua es el devenir, el agua lo es todo. Somos agua. Escribí un libro premonitorio que se llamaba *Del agua al agua*. Las montañas mismas son un mar. Yo era capaz de entender mi yo en relación con el todo. Yo, altiva como… Indómita como el agua. Persistente como ella, audaz, perceptiva y también compasiva. Como el poema que escribí sobre los peces que se asfixian en la luz. A muchos les pareció que era lo mejor que había escrito. Y es que yo sabía lo que sentían los peces, por el asma. No estuve de acuerdo. Me parecía que todo lo mío tenía un mismo nivel de calidad. Es como imaginar que uno les pusiera menos corazón a unas cosas que a otras. No. Todo tiene la misma altura, la misma búsqueda de la excelencia, en eso yo no hacía concesiones. Raúl se equivocó conmigo de parte a parte. Él no podía amarme a mí y no amar la poesía mía y yo no podía amarlo si él no lo hacía. Tampoco podía quedarme con él por piedad, y si mi abandono lo aniquilaba, ese ya no sería asunto mío. Escribí un poema en el que lo llamé tuerto, por no haber podido ver sino la mitad de mí misma. Yo era una, no media. Ya es hora de que los hombres dejen de negarnos y asfixiarnos y arrojarnos al agua. Íntegra siempre fui. Y luché con uñas y dientes para no dejarme asfixiar, y permanecer entera. Luché con tanta violencia como la que él aplicó para negarme.

Menos mal que ya uno no recuerda nada, o daría mucha tristeza. Si lo único que yo siempre quise fue ser yo misma. ¿Por qué, entonces…? Hasta las mismas mujeres son machistas. Los hombres las esclavizaron por dentro y son unas regaladas que no saben luchar por permanecer íntegras. Diana, mi propia hija, no me perdonó, como si yo tuviera la culpa de haber sido como fui o la obligación de evaporarme o disminuirme o de negar mis talentos para que ella no sintiera tanta sombra. No pudo entender que ella tenía los suyos y habría sido capaz de brillar con su propia luz, así no fuera tan intensa como la mía, suponiendo, y por eso actuó como actuó. En una misma familia cabe siempre más de un sol.

¿Qué horas serán ahora allá donde todavía hay horas?

Hay cosas que darían ganas de llorar si uno pensara en ellas. Yo nunca lloré por mí misma, nunca me tuve lástima, a pesar de la distancia que mantuve de niña con mi madre. De niña, y siempre, hubo esa distancia. Con ella yo aguanté por orgullo y me tragué las lágrimas. Tan bella que era y tan amorosa cuando quería, cosa que no pasaba casi nunca. Eso fue lo que me enseñó a ser dura en la vida cuando era necesario. Y verla después, anciana, demasiado empolvada y toda fea y encogida, me molestaba un poco. Si no me hubiera hecho sufrir tanto de niña, que hasta mi padre debía intervenir, le habría tenido lástima. Por eso la vez que los ladrones se le metieron a su casa de La Calera y le dieron esa golpiza por no querer decirles dónde tenía las tarjetas débito me alegré a pesar mío y pensé que los ladrones no sólo querían las tarjetas sino que habían pensado, como yo, que era una anciana buena para darle su tunda. Habían involucrado a la gente del servicio y antes de meterse envenenaron los tres perros. A la cárcel fueron a dar después las dos sirvientas, el chofer y el jardinero. Les tomaron foto esposados unos con otros y tapándose la cara con la mano. Así y todo me conmoví cuando la vi en la clínica, arrugada y lloriqueando, morada como una ciruela pasa por los golpes. A la salida mi padre y yo comentamos sobre su apariencia y nos dio lástima, sí, aunque también risa. A él se le había ocurrido lo de la ciruela pasa. Hacía mucho estaban separados, pero se veían de vez en cuando.

Mi padre fue la persona a la que más quise en la vida. Jugábamos golf y almorzábamos todos los martes en el club Los Lagartos, donde había un chef 1A plus. Me gustaría cantar otra vez, si pudiera. El mejor *steak tartare* que me comí nunca. Era un *gourmand*, mi padre. Éramos amigos. Nadie apreció tanto como él mi poesía y mi voz. Y va a seguir buscándome, pero no va a encontrarme. Él es tal vez la persona que más me ha extrañado sobre la tierra.

ALEJA

El indigente regó todas las basuras al frente del Instituto de Yoga, miró hacia donde estaba ella y se dispuso a mostrarle el pene. Se lo mostró. El indigente sabía que ella estaba detrás de la cortina. Respirar profundo. Inspiración. Espiración. Ahhhhh. Inspiración. Espiración. Ahhhh. A no asquearse ni deleitarse enseña el budismo. Cochino. Inspiración. Ahhhhhh. En este país la policía no sirve para nada.

Por la finca de Julia hay un centro de meditación budista que dirige un señor flaquísimo y muy alto: el maestro. Aleja lo encuentra parecido a Nosferatu, el vampiro, aunque es más alto que Nosferatu. El día en que lo conoció hablaron de técnicas avanzadas de respiración y Aleja se dio cuenta de que sabía bastante sobre el tema. Es persona amable y de mucho poder. Enseña meditación zen, pero sabe yoga y cantidad de otras cosas. Cuando Aleja visitó el centro la última vez que estuvo en la finca de Julia, habló con la gente que vive en él, es decir, los monjes, quienes le dijeron que, al principio, recién abrieron, los campesinos decían que allí se hacían misas negras y que les sacaban la sangre a los niños para bebérsela. Después los aceptaron y hasta los respetan. A la gente le gusta mucho hablar por hablar, piensa Aleja, y aunque muchas veces no creen lo que dicen, lo dicen de todas formas.

Ella se quedó donde Julia varias veces, qué belleza de sitio. Claro que por la humedad no era el clima más sano para Julia, debido al asma. Raúl le renovó la casa con ese buen gusto que tiene, y le hizo un *deck* de madera con una baranda hermosísima de guadua, desde el que se veían las cadenas de montañas, una detrás de otra, como un mar, decía Julia. Bueno, como cortinas, más bien, no sabe Aleja dónde veía Julia el dichoso mar. Muchas veces hablaron Julia y ella de abrir una sucursal del Instituto de Yoga en la región. Sueños nada más. Eran mágicos los asanas en aquel *deck*. Adelante se veían las cortinas de montañas y detrás de la casa había una peña muy alta y vertical, con vegetación nativa. Humberto Fajardo, que es escalador y tenía cuerdas y ganchos y demás aparatos, subió una vez y contó que había dibujos de manos en una piedra, trazados quién sabe cuántos cientos de años atrás por los indios de esa zona. Todo buenmozo que es, Humberto, con esos brazos y esas piernas de atleta que le lucen tanto con la licra. Parecía un actor en el Mini Morris que cambió después por el Audi. Le alababa mucho el cuerpo a Aleja y ella le enseñaba yoga y meditación. Entre los dos siempre hubo química; la verdad, mucho más que entre él y Julia. Cómo es la vida. Tiene tatuajes de muy buen gusto en los brazos, motivos abstractos, que se hizo en Nueva York, en el estudio de un artista al que entrevistaban en las revistas, *Harper's* y eso. Se compra unas camisas muy bonitas que trae de Italia, y cuando se remanga un poco se le ven los colores de los tatuajes. Las películas le quedan muy bellas, son publicidad, claro, pero las hace con mucho arte. La publicidad artística es la más difícil, piensa Aleja, y la mejor pagada. Él no necesitaba la plata de Julia para nada, por eso pudo alegar que todo había sido una mentira para desprestigiarlo y para que las revistas de chismes y farándula vendieran.

Se necesitaba un chivo expiatorio y él no iba a darles el gusto, porque tonto no es.

Y ha salido bien parado en los medios, al fin de cuentas.

Después de la primera separación, Julia trabajó mucho tiempo como jefe de creativos en una agencia de publicidad, y ganaba una millonada. Brillantísima para ese trabajo. ¡Como si necesitara la millonada, con toda la plata que ya tenía de familia! Así y todo gastaba muy poco. Tacaña, más bien, desde el colegio. Allá en la agencia se habían conocido ella y Humberto, pero el romance comenzó después de que se separó de Raúl. Ella le comentó luego a Aleja lo malhumorado y violento que era Humberto y Aleja no le podía creer, pues Julia de todos decía que eran malhumorados. Hasta de Diego lo decía. Fotografía artística, pero sobre todo de publicidad, hacía Diego. Quién sabe si habrá sido cierto lo de su mal humor. Más bien sería, piensa Aleja, que ninguno se la soportaba a ella. O hace fotografía, todavía, supone Aleja, porque, hasta donde supo, aún estaba vivo.

Raúl

Del aeropuerto salieron para la finca de Julia por una carretera que bajaba dando curvas muy cerradas por montañas al principio pobladas de pinos y eucaliptos; luego, de helechos gigantes, robles y yarumos, y, ya llegando, casi dos horas después, de guaduales densos y cafetales con sombrío de guamos y nogales.

La finca eran cuatro fanegadas con una casa grande, diseñada por un arquitecto de buen gusto y muy poco ángel, situada al pie de uno de los riscos que se ven tanto por esos lados, en los que las nieblas borran y dibujan continuamente la exuberante vegetación de zona húmeda templada que los cubren. Estas peñas forman parte de las estribaciones de la sabana de Bogotá y son como acantilados sin mar. Se dice que en las batallas los conquistadores españoles hacían retroceder a los indios y los despeñaban por los riscos. Así las cosas, se le ocurre a Raúl, vendrían a caer con sus flechitas doscientos metros más abajo, al mismísimo corredor de la casa de Julia, o en el patio empedrado, desnucándose o reventándose la cabeza entre los iris. El sitio no es de mala energía, sino de energía intensa y difícil de controlar, mientras que la finca de Raúl es de tranquilidad, a pesar de que está demasiado encerrada por sus bambúes y guaduales y por densos y antiguos cafetales de sombrío que decidió no cuidar demasiado, para que se pusieran selváticos.

Flor de iris se llamaba el libro de poemas por el que se inició el derrumbe.

El acantilado de la finca de Julia es vertical y su base está a escasos veinte metros de la casa. El lugar tiene algo de lúgubre, piensa Raúl, y la laguna que hay al frente del corredor, a la izquierda del *deck*, ahonda más esa como oscuridad del sitio. Laguna Verde, se llama, y le da el nombre a la vereda. El verde es por las algas minúsculas, de color intenso, casi fosforescente, que a veces la cubren. Dicen que tiene más de cincuenta metros de profundidad, pero lo cierto es que nadie ha logrado medirle el fondo. En las orillas y en las partes pandas hay juncos, y el resto tiende a cubrirse de aquellas algas, que deben sacarse cada cierto tiempo, para que no asfixien todo. Dicen que hasta hace algunos años se pescaban allí unos peces de tono azulado, ojos saltones y aletas erizadas, que se acabaron o extinguieron. Tiene una superficie de unos tres mil metros cuadrados en total, y la finca de Julia la comparte con otros dos vecinos. A veces se cubre de niebla y sólo queda la forma imaginaria de los juncos. Las tilapias se ven muy rojas en el agua que por su mucha profundidad es casi negra. Varada en una pequeña playa de la finca de Julia había una balsa, pero Raúl dudó mucho en subirse en ella, pues es muy pesado y podría haberla volteado al tratar de remar. Y nunca vio a nadie que la usara. Humberto Fajardo seguramente lo haría después, pues es el tipo de cosas que le gustan.

El risco está cubierto de helechos gigantes y árboles que crecen casi horizontales. Raúl tiende a pensar que la laguna es tan honda como el risco es alto. Hermosísimo sí. Un gran lugar para una poeta profunda, fiel reflejo de su espíritu, pensaría Julia en el momento de comprarlo, pero la verdad es que no todo el mundo se siente bien con la magia del sitio. Al faltar ella, el turbio del Humberto se lo vendió, barato dicen, a un exprofesor de Agronomía de la Universidad Nacional, jubilado, que muy poco después arrolló a un niño de cinco años con su campero al subir a la finca. ¡Lo que es tener energía difícil un lugar! Ese señor no fue capaz con aquella muerte, no pudo vivir en la región, sus sueños se le volvieron nada, y su mujer y él, que habían llegado con tanto entusiasmo, volvieron a irse. Ahora la propiedad está vacía, con un letrero de venta en el portón de la casa. El portón, con figuras de pájaros, lo había diseñado Raúl y encargado a un artesano de Nobsa, Boyacá, que talla la madera como los dioses. Cada rato, Raúl se hace el propósito de ir a tomarle fotos, antes de que algo le pase, pero nunca lo cumple. Y la laguna está sola, por ahora, con esqueletos de indios descansando en paz en el fondo de lodo o lo que sea que haya allá abajo. Sería bueno que también descansara uno que otro conquistador español, piensa Raúl, con la armadura completa y una flechita en el hueco del ojo o del oído.

RAQUEL

A pesar de llevar tantos años viéndola caer, para Raquel la nieve sigue teniendo mucho de milagro. *País de nieve* se llamaba la novela aquella, magistral, de Mishima, lástima tener que leer traducciones. Kawabata, no Mishima. Todo está quieto en Inwood y en todo Manhattan. Son las cuatro de la tarde y podrían ser las seis de la mañana. No hay calles, sólo nieve y niños con perros, todos felices. No hay buses, no hay ruido. Sólo los pedos de Julián, en el apartamento, que de vez en cuando suenan mientras lee en la hamaca, para ponerle alegría a este asunto, según explica.

—Tu *Oda a la alegría* —dice Raquel.

Julián es del Caribe, así el papá haya sido gallego. Madre mulata. Las penas de amor las bailan. *Ódiame* cantada por Bienvenido es pura vida, mientras que por ecuatorianos o chilenos es de suicidio, piensa Raquel. «Ódiame sin medida ni clemencia», canta Bienvenido mientras la erección de algún moreno se desplaza por la pista, apretada contra su pareja. García Márquez no pudo convencer a nadie de que en su novela estaba contenida la tragedia de la humanidad. Tampoco le cree uno a Bienvenido nada de tanta medida ni de tanta clemencia. En los dos casos lo que queda es la sensación de inmortalidad y alegría.

En la casa de Raquel el único que no sabe bailar es Raúl, y lo raro es que, de los cinco hijos, solo él tiene el color y los rasgos de la madre. De Quibdó era ella, parte india, parte negra, parte blanca. Parecía hindú. Los demás le salieron al padre. Linda pareja, el medellinense blanco, blanquísimo, buenmozo, hijo y nieto de racistas, y la bella chocoana, maestra de secundaria. Un matrimonio largo y feliz. Julián y Raquel son paralelos. Julián y ella en Estados Unidos son negros, a mucho honor, así no se les note. *The one-drop rule*. Una gota de negro y eres negro. El chiste del puertorriqueño que va a Alabama, y un blanco, por algún motivo, lo insulta y lo llama *nigger*. «Yo no soy negro, señor. Soy puertorriqueño», protesta el boricua. «I don't care what kind of nigger you are», responde el blanco. A la gente políticamente correcta no le gusta el cuento: piensa que es racista. Brutos. Baila más una galleta de soda que Raúl, a pesar del color, pero le gusta la música. Julia cantaba muy bonito y eso lo enamoró. Enamorado hasta la empuñadura, como dicen. Arias de Händel, cantaba, y también nueva trova, que a Julián le gusta y a Raquel le parece detestable. Cualquier boba canta bonito, le decía a Raúl, incluso antes de que ella lo abandonara. Le gustaba cantar la canción contra la dictadura chilena, y ella le preguntaba a Raúl:

—Mirala con mucha atención. ¿Vos sinceramente creés que le importa un bledo lo que pasó en Chile?

Raquel dice que no le gusta la nueva trova, pero cuando oye a Silvio Rodríguez se eriza. Es como con Woody Allen: promete que no se va a reír de sus bobadas y no es capaz de resistirse.

RAÚL

Llegaron del aeropuerto a eso de las once de la mañana, en medio de un diluvio y, antes de siquiera saber Raúl dónde estaban, habiendo sólo mirado de reojo el bello y ominoso risco selvático lleno de agua, se habían ya metido el uno dentro del otro, los dos en un cuarto muy oscuro, pues ni siquiera abrieron las ventanas, que eran de postigos de madera muy bien empalmados y dejaban por fuera los diez mil fenómenos del mundo.

De alta calidad, pero sin especial encanto, como todo lo demás, era el trabajo de madera de esa casa. Afuera las tilapias, que aún Raúl no había visto, estarían nadando debajo de la película de algas casi fosforescentes, en el agua purísima y muy oscura. Era como una borrachera, un delirio. Cuando a eso del mediodía por fin pudieron separarse y pensar en algo que no fuera el agobiante amor, y abrieron los postigos, al fondo estaban las montañas borradas por el agua, pues llovía en el mundo hasta donde alcanzaba la vista.

Todavía no había *deck*, ese lo haría Raúl después, y se sentó en el corredor a mirar todo como acostumbraría hacer meses más tarde en su propio corredor cuando comprara su finca y construyera la casa. La mujer del administrador le llevó café. Julia cantaba en alguna parte y Raúl se sintió feliz. Lo conmovieron el regreso a su país, la belleza del sitio, los muchos tonos de gris de los aguaceros en las montañas lejanas, el verdor de las cercanas y la suerte de tenerla a ella.

Se quedaron a vivir en la finca y Julia solamente iba a Bogotá para asuntos relacionados con su carrera. Raúl dejó casi abandonada su finca de Cucunubá y empezó a trabajar desde la de Julia. Cosas bellas hizo en esos días, para que ella las admirara. Un puentecito peatonal colgante sobre el Lapas, que todavía les presta servicio a los vecinos de la zona y para el cual Julia no dio un peso. Todo lo puso él, con algo de dinero de la junta de acción comunal. Usó cables hechos con fibra de juncos trenzada y columnas armadas con varios tallos de guadua amarrados con ese mismo tipo de cable, capaces de aguantar el paso del Ejército Nacional en pleno, ejército que, dicho sea de paso, empezó a abundar en la región por esos días, pues se decía que las guerrillas estaban con la idea de establecer un frente en la zona, que en algunos puntos es muy selvática.

Julia mantenía una antología de lujo de Rubén Darío sobre la cisterna del inodoro y ponía fotos de ella misma en la biblioteca. Señales de peligro como esas se acumulaban, indicios de que había una especie de error o malentendido profundo en el solo hecho de que fueran pareja, y Raúl no los veía, ciego como un ratón, enamorado como un mono. La princesa está triste, pujo y fin. Se acabó el poema. Soltar el libro o seguir leyendo en medio del olor. Trágico, si se lo mira bien: él la quería, pero los libros en el inodoro y la manera de promover lo que llamaba su carrera hicieron que, sin darse cuenta, le fuera perdiendo el respeto y empezara a mirarla como a la niña de diez años en que a veces se convertía. No el amor, ese más bien aumentaba.

El baño tenía un vitral con tema de lirios, delicado, bien trabajado, bien logrado.

¡Hace cuánto son las cuatro de la tarde! Cuando todo se llena de niebla, como ahora, Raúl, que ya venía quieto en la silla del corredor de su casa, se queda más quieto todavía y el mundo parece liberarse de las leyes del tiempo. Guaduales borrados por la niebla. Heridas del corazón, profundas, ya casi cicatrizadas y con el tiempo borradas. Ni las cicatrices son eternas. Una vez a Raúl se le dañó una corona y le dijo al dentista que él siempre había pensado que las coronas duraban para siempre.

—Nada dura para siempre —respondió el dentista.

¡Venir a enterarse uno de semejante verdad por el dentista! Ellos lo saben bien porque lo ven todos los días, pensó Raúl. La dentadura es lo que menos dura para siempre.

Tiene cosas para hacer en su mesa de diseño, nunca le faltan, pero sin estos ratos largos en el corredor, sus trabajos fluirían con menos facilidad. Por estos días ha estado diseñando unos paraderos rurales de bus, que nunca van a hacerse o puede que sí, nunca se sabe. Hierro forjado y guadua. Raúl va muy de vez en cuando al centro de budismo zen, y lo que hacen allá es igual que esto de sentarse en el corredor. Va porque le caen bien los residentes y a veces necesita ver a otras personas, pero piensa que su silla de vaqueta es mejor, pues no hacen falta tantas venias ni inciensos ni alharacas.

Aleja decía que el maestro del Centro se parecía a Nosferatu. Y, mirándolo bien, sí. Faltó Julia, y Aleja y su lindísimo cuerpo no volvieron más por esos lados. Un día, Raúl vio al maestro caminar hacia el salón de meditación vestido con su hábito negro y, como había neblina y él es extremadamente alto y delgado, parecía flotar como el conde. Muchos no lo quieren porque es brusco para decir las cosas. Brutal, dicen algunos. Un autoproclamado maestro, un farsante, dicen. A Raúl le da lo mismo. Hablan sobre temas del campo, cuando él y el maestro hablan, y Raúl se ha dado cuenta de que sabe bastante de plantas y de árboles. Hasta donde él entiende, se trata de un anciano amable y sabio. Lo mismo que Drácula. Le encargó a Raúl una especie de estantería larga, en cedro y bambú —que dibujó el maestro en persona, con indicaciones escritas de medidas y calidades de barniz—, para almacenar como en una biblioteca esos cojines redondos sobre los cuales meditan. Raúl lo adornó con incrustaciones de cobre, pocas,

que no violentaban la madera sino que parecían haber
estado allí desde siempre.

Julia

Nadie me puede decir que no lo quise. Claro
que lo quise. ¿Por qué mi amor habría de durar para
siempre? Cuando estaba enamorada le escribí un libro
manuscrito, treinta poemas, que después me publicó una
editorial especializada en libros de poesía de alta calidad
empastados de manera artesanal, verdaderas obras de
arte. El mío lo mencionaron en los periódicos. Notas
cortas, claro, poesía al fin de cuentas, en alguna esquina
de la sección de cultura, pero así y todo me puse feliz.

Ya desde entonces debí ver lo que estaba ocu-
rriendo con Raúl. Yo le pasaba los poemas, se los leía en
voz alta, eran textos de amor, y no me daba cuenta de
que detrás de la ya de por sí irritante fachada de amabi-
lidad había una indiferencia total, pero total, total, total,
de parte suya. Raúl decía que me quería, pero si no le
gustaba mi arte quería decir que se había enamorado de
alguien que no era yo. ¡Ciego que es uno! Enamorado
de otra, pero en el sentido de que esa que él amaba no era
yo. Si no amaba mi poesía tampoco me amaba a mí, así
me hayan dicho después que Raúl casi se muere cuando
rompí con él. «A ese pobre hombre lo asesinaste», me
dijo Aleja, que a veces se mete en lo que no le incumbe.
«Me importa un pito lo que pienses», contesté. «Hay
cosas que uno debe hacer si quiere seguir respetándose».

Hemingway decía que uno escribe mejor cuando está enamorado. Claro que yo no era muy aficionada a Hemingway, por machista. Escribí lo de Raúl en la finca, después de volver de Nueva York, y comencé el libro del agua. En *El Espectador* me mencionaron como una de las poetas significativas del país. Había cierta reticencia en el crítico, que era hombre, claro, y parecía querer contener o disimular el entusiasmo, pero me alegré de todas formas, pues yo no quería que me catalogaran como escritora erótica. A pesar de que en los poemas a Raúl había momentos de intenso erotismo, primaba la contemplación profunda de las cosas, y no es eso lo que los críticos esperan de nosotras las poetas. Me negué a dejarme especializar en erotismo. Las mujeres siempre cocinando o haciendo el amor. Ridículo. De la cocina a la cama y de la cama a la cocina. Yo no. Me rebelé, pagué el precio y ahora no puedo mirar los peces porque, como decía García Lorca, *yo ya no soy yo ni mi casa es ya mi casa.*

Ni mi cara es ya mi cara.

Si yo fuera yo sabría la hora que es allá donde todavía hay horas. Cantaría.

ALEJA

Cuando venían de visita a la casa de Aleja, se sentaba Raúl en el sofá y Julia se le sentaba encima. Aunque Aleja, como yoguini, cree en la juventud permanente que nos trae la salud corporal, ver a un señor cincuentón, algo pasado de kilos, con una señora de cuarenta y pico siempre en el regazo le parecía como raro. Además, él era más bien tímido; mejor dicho, no era de los que cargaban a la novia. Pero estaba enamorado y se lo veía feliz.

Que la muchacha aproveche que escampó un momento y salga a recoger el reguero de porquerías que dejó el marrano ese. Eso. Salió, no hubo que decirle nada. Es de buena índole, parece, la muchacha, pero aquí nunca se sabe. Lleva muy poco en el trabajo. Las empleadas de la mamá de Julia llevaban con ella más de quince años y fueron a dar a la cárcel. Los atracadores la molieron a golpes y nadie entiende para qué la golpearon, ni cómo no se murió ni se le quebró nada. Se le quitaron los morados y las hinchazones, y quedó igual, es decir, toda maquillada. Julia decía que cada que veía a la mamá sufría un ataque de asma, por lo empolvada que se mantenía. Reacción sicosomática, más bien, piensa Aleja. Cuando Raúl estaba con la mamá de Julia, en almuerzos u otros asuntos, se veía bien por qué no iban a durar juntos. No tenían nada que ver el uno con el otro. La señora era como una extraterrestre para Raúl y viceversa, y Julia se parecía más a ella de lo que se habría podido pensar, la pobre. A él se le veía el esfuerzo que tenía que hacer para participar en todo eso de la mamá y el papá y la familia. Al club cree Aleja que Raúl nunca quiso ir. Él no piensa en otra cosa que en sus guaduas y sus adobes y bahareques.

Raúl

Cuando estaban en Bogotá, Julia y Raúl aprovechaban para ir al cine, a conciertos o a exposiciones de arte. Aprovechaba ella, más bien, porque para Raúl el cine, las lecturas de poemas y demás eventos eran una molestia. Lo hacía por ella. Y se desesperaba entonces en la silla, como si lo hubieran encerrado en un cuartucho estrecho y sin aire. La trama le importaba un bledo, los actores le parecían farsantes, malos mentirosos. Todo pacotilla. Hasta a Robert de Niro le veía el cobre en cada gesto, y luego se lo comentaba a Julia, que se exasperaba, claro. Peor compañero para ir al cine no podía haber conseguido. En lo que se refiere al séptimo arte y todas las demás artes fue un milagro que ella no lo hubiera dejado antes. Por suerte no le dijo que si no le gustaba Robert de Niro estaba cagado.

Cuando fueron a Berlín, primer viaje juntos, luego del regreso de Nueva York, cada día ella planificaba el recorrido y tenía una lista con las cosas que había que hacer antes de volver a Bogotá. Se sentía Raúl como un gorila dócil detrás de una miquita atractiva y vivaz, haciendo una cola de hora y media en el Parlamento. El gorila detrás de la mica viendo la exposición de Schiele, que al fin de cuentas lo deslumbró. Todo terminó en una gran pelea, casi al final del viaje, al día siguiente de su presentación. *El acero vegetal,* se llamaba. Ningún Woodstock, pero tampoco la hizo ante un salón vacío, pues el acero vegetal tiene en todas partes sus admiradores. Al final de los diez días, a Raúl, saturado de tanto turismo dirigido, se le dañó el genio y terminó furioso, gritándole —no recuerda el motivo, cualquiera era ya bueno a esas alturas—, en una exposición de fotografía, mientras la gente los miraba. *Topografía del horror,* se llamaba la tal exposición. El latinoamericano corpulento de ojos grandes y brillantes, como de hindú loco, y la miquita furiosa —no se le corría a ninguna pelea— se hablaban duro frente a Hitler, que saludaba a sus tropas. Raúl no había querido ver fotos de esos sicópatas. No quería saber nada de Göring ni de Goebbels ni de todo aquello, mientras que para ella era un ítem obligatorio del viaje, tal vez para escribir después algún poema. Quiso estrangularla.

Sus famosas iras.

Sonia, la de hermosísimos ojos verdes, es veintiún años más joven que él, y hasta ahora no han tenido ninguna pelea seria. Que le pregunte demasiado sobre esto y aquello, como si él supiera muchas cosas que no sabe, lo exaspera un poco, pero de ahí no ha pasado. Sonia se la pasa leyendo los libros de la biblioteca y poniendo bonita la casa, mientras él está sentado en el corredor o en su mesa del taller, ocupado en su tema. Y a la finca ya no le caben más las flores: iris en el patio, pues a Sonia le gustan tanto como le gustaban a Julia; besitos por todas partes —*Impatiens walleriana* se llaman, y Raúl no sabe de dónde sacan lo de *impatiens*, pues nacen muy fácil. *Impatiens* por nacer, será—; azucenas blancas y también de las de colores, hortensias, rosas, azaleas... «Esto aquí está muy oscuro», dijo Sonia cuando llegó, y empezó a sembrar por los caminos de los guaduales, en el patio, por todos lados. Los *impatiens* y los iris aguantan mucha oscuridad y con sus flores alumbran la penumbra desde adentro.

A Sonia no le molestó saber que compartía con Julia su gusto por los iris. A Sonia la existencia o inexistencia de Julia la tiene sin cuidado. De los libros de la biblioteca el primero que leyó fue *Crimen y castigo*. Y cuando Raúl vio que le había gustado tanto, le aconsejó Cain, Chandler y eso, novela negra, que es lo que de verdad le gusta a él, y Sonia los leyó, pero no logró verles el chiste. ¿Para qué beben tanto en esos libros, por ejemplo, los detectives y todo el mundo? Marlowe le cayó gordo. Dijo que debía oler a tufo alcohólico y a sobaquiña. A Sonia el humor negro la elude, pues es una persona que trata siempre de aparecer del lado de la luz, como sus dichosos besitos, que a ratos marean a Raúl con tantos colores. Y no usa palabrotas, lenguaje sucio. Raúl no sabe qué irá a hacer con Raquel. Se leyó todo Dostoievski y siguió con los libros de los demás rusos, Tolstói, Turguéniev, Gógol. Obras completas de Aguilar, papel de arroz, tapas de cuero, que hay que estar limpiando, pues se ponen verdes por la humedad del aire. Nunca pensó Raúl que una auxiliar de vuelo pudiera leer tanto. Ahora está en *Muerte en Venecia* y tiene en fila *Los Buddenbrook* y los otros. Parece un trapiche mascando caña. Les hubiera dejado plata en vez de libros, su papá, y estarían nadando en la abundancia. Y no pone a Rubén Darío en la cisterna, Sonia, gracias a Dios, sino arreglos florales de toque japonés, ensamblados en un redondelito de clavos debajo de una especie de celosía de bambú que él mismo le diseñó según sus indicaciones y mandó hacer en Bogotá. Cuando la conoció, todavía tomaba Raúl drogas siquiátricas y pastillas para dormir, pues no había terminado de salir de la depresión brutal por lo de Julia. La conoció en un avión de una aerolínea con nombre de accidente aéreo, TACA, viniendo de Leticia. Tenía veintiocho años, tiene veintinueve ahora. Raúl le mostró las fotos de la finca, que traía en el computador, y Sonia dijo que le gustaría vivir en un lugar así. Había sido criada en finca, dijo, y estaba cada vez más aburrida con su trabajo. Se produjo una turbulencia y se sentó a su lado mientras el avión dejaba de zangolotearse y se estabilizaba. «Cuando quiera», le dijo Raúl. «Ni siquiera tiene que dormir conmigo, si no le parece». Renunció al trabajo y en la finca están.

RAQUEL

Cuando Raúl le dijo a Raquel que su relación con Julia había sido un horrible malentendido de dos años y medio, Raquel le contestó malentendido las bolas, Julia primero te echó mano y después se aburrió y quiso salir de vos. Los hombres son seres completamente ingenuos. A las mujeres nos queda facilísimo destruirlos.

Raquel entró varias veces al blog de Julia y encontró unos poemas en los que alardeaba de haberlo asesinado. En ellos hablaba de haber matado aquellas cosas que admiraban juntos, el Nevado del Tolima, que se ve, tan perfecto como el monte Fuji, desde el balcón de la finca de Raúl, a ese lo asesinó la muy imbécil, y los guaduales de la finca de él, «que son como un mar», asesinados. Y termina diciendo «asesinado él», con la arrogancia absurda de quien está seguro de haber causado un daño mortal a otra persona. Y vean ahora, qué ironía. Porque Raquel no cree que vayan a encontrar a Julia, y mucho menos viva.

Raquel tiene en un baúl los poemas del asesinato de Raúl, pues Julia escribió varios y ella los imprimió. Empieza a buscarlos y encuentra, en cambio, la foto de su mamá toda sonriente al frente de las hortensias en el antejardín de la casa de Teusaquillo. Con razón el hueco en el álbum. Seguramente Raquel misma sacó la foto de allí, quién sabe cuándo y por qué. Cuando se pone a revisar el baúl, no termina nunca. La impresionan, por lo fúnebres, las estampas de santos con leyendas en italiano que el baúl tiene pegadas en el interior de la tapa. Había pertenecido a inmigrantes, lo compraron ella y Julián en un anticuario del Bronx, y los dueños originales están ahora más que muertos, olvidados. Allí guarda Raquel fotos, recibos de Verizon, monedas, *tokens* del *subway*, mapas viejísimos del *subway*, monedas de un dólar, cartas que nunca envió, de la época en que todavía se escribían cartas, cables de computador, recortes de prensa. ¡Qué belleza de sonrisa tenía su mamá! Tan parecida a la de Raúl. Se puso fuerte la nevada. El broche que le regaló Julián, helo aquí, de puro gusto caribeño. Parece una cucaracha de piedras preciosas. Elegantísima iba Raquel con su broche de cucaracha la única noche en que lo usó. «La próxima vez que querrás comprarme joyas, vamos juntos», le dijo a Julián. Y, ya ve usted, su mamá, la bella negra, tenía súper buen gusto. Inteligente, culta, refinada. Si Raquel fuera aficionada a beber se tomaría ahora mismo un whisky, para gozarse el *blizzard*... El 12 la mamá va a cumplir seis años de muerta. El año pasado, dos días antes de la fecha de su muerte, un florero que les había regalado se cayó en la sala sin que nadie lo tocara. Miedo y alegría. No se rompió. Avisa. Hasta envidia le da a Raquel de los que beben, pero a ella el whisky le sabe horrible. Se tomaría un traguito por su mamá, en plena tormenta. El aguardiente, peor. Todavía siente ganas de llorar cuando se acuerda de ella.

Aquí están. «Asesinado él», sí, así mismo escribió.

Mala, boba y medio loca, piensa Raquel. Ojalá le haya ido bien mal, dondequiera que esté.

—¡No! No dije nada —dice en voz baja, alarmada—. No dije nada.

JULIA

Esto es como una hamaca, estable y fluido, qué delicia. Lástima de las ganas de llorar. No fui llorona y no voy a empezar ahora. Lloraba a veces por los animales, sí, tanto desvalimiento, Dios mío, tanta la crueldad del ser humano. El caballo flaco que casi no podía con su carreta en una calle de Bogotá o el perro que vi al lado de la carretera, parado junto a otro al que acababa de matar un carro. Creo que Raúl no entendía bien por qué no podía parar yo de llorar y tampoco entendió mucho cuando le dije lo que había visto. Y cuando dejé a Raúl lloré dos días seguidos. Fue mi duelo. Mi manera de reconciliarme conmigo misma.

Mi llanto expresaba mi nostalgia por todos los momentos bellos que tuvimos juntos.

El primer año especialmente fue hermoso. Era como si estuviéramos creando todo lo que mirábamos. Publiqué ese año dos libros, los dos con buenas reseñas, y empecé otros dos. Vivíamos más donde él que en mi apartamento o en mi finca, no sé por qué. Creo que no le gustaba demasiado la energía fuerte que tienen los sitios donde vivo. O tal vez era que mi casa y yo, juntas, lo intimidábamos. Divide y reinarás, digo yo, por chiste, claro, porque a mí el sitio de él me gustaba tanto como los míos y lo sentía igual de mío.

Todos los hombres que tuve terminaban por temerme y yo por aburrirme un poco con ellos. Uno no manda en su propio corazón. Bueno, no todos, pues Juan Mario me dejó a mí y me dolió hasta el fin del mundo su abandono. Un gran pintor, menos reconocido de lo que debería ser, pero reconocido en el medio, de todas formas. Todos mis maridos fueron artistas. Después Juan Mario se enfermó de esquizofrenia. Por lo menos no se murió como los otros dos. La última vez que lo vi estaba bastante bien, coherente hasta cierto punto, aunque con cara de cansancio. Los medicamentos le habían dañado los dientes. No quiso hablar mucho y ni siquiera me felicitó por mis éxitos recientes. El papá de las niñas no era artista. El único. Abogado de una petrolera. Leucemia. Fui a verlo al hospital y parecía muerto en vida, todo asfixiado, con los ojos muy abiertos, creo que ni siquiera me reconoció, ya estaba en las últimas, el pobre. Su segunda mujer me miraba raro, pero es porque ella mira raro a todas las personas que le parezcan de alguna manera poco convencionales, fuera de lo común. Es una de esas mujeres dóciles, que admiran al marido. Apenas para él.

Y es posible que la enfermedad de Juan Mario haya tenido que ver conmigo. Mi fuerza impactaba a los hombres de formas insospechadas.

ALEJA

Katerina se puso tapaboca y guantes de látex para recoger las basuras que regó el animal ese. Cuando Aleja estaba chiquita, las muchachas del servicio tenían manos rojas, trenzas, faldas largas y aretes de oro, y venían de Boyacá como si vinieran de la época de la Colonia. Y mírenla ahora lo pretenciosa de ésta, que se las pica de enfermera y habla superfino. Cobra como enfermera. Si uno al salario mínimo le suma todas las prestaciones y demás arandelas, va juntando sueldo de concejal. La codicia en el ser humano. Como yoguini uno debe desprenderse de los apegos materiales. Es un proceso de abandono, de dar, abrirse y no aferrarse, pero la gente mientras más tiene más se aferra. Diana le salió a Julia en eso. La niña, pobre no está, ni mucho menos, pues no todo lo de Julia le va a quedar a Humberto, que es su marido legítimo en este momento, digan lo que digan, y la mitad les tocará a ellas. Es que en esto se metieron las revistuchas de chismes y farándula y lo enfangaron todo. Hasta a Diana la han tenido de sospechosa. A pesar de que va a quedar rica, le cobró a Aleja una millonada por su trabajo administrando la sucursal de Santa Bárbara. Y como instructoras capacitadas no abundan, entonces se sale con la suya con el chantaje. La codicia nos lleva al apego material, emocional, mental y físico. Hace que nos identifiquemos con las cosas, impidiendo ver la realidad de quienes verdaderamente somos.

¡El oso cochino se devolvió! ¡Mírenlo! Y esta muchacha no se ha dado ni cuenta. Éntrese, éntrese. Habrá que quebrar el vidrio para que oiga. ¡Se puso a conversarle! Sonrisa y todo. Falta que le lleve café y buñuelos. Pendeja. Éntrese, éntrese. Se está haciendo la sorda… ¡No!

¡Él le está ayudando a recoger todo!

RAÚL

Regresaron silenciosos del viaje a Berlín, muy sorprendidos por lo que les había ocurrido en la tal Exposición del Horror. Triste fin de la luna de miel. Por fortuna el inicio de las obras de renovación de la casa de Julia los distrajo y les ayudó a reconciliarse poco a poco y a disfrutar otra vez el uno del otro.

Como no había nadie más disponible, Raúl contrató al maestro Braulio, cosa que le pesaría después. El cielo raso de pino machihembrado, feo y muy mal instalado, fue remplazado por uno de cañabravas con barniz semimate. Se amplió el baño de la habitación principal y se le puso bañera y un pequeño jardín de papiros. Tres meses de alegría y paz. Otra vez el amor. Construyeron el *deck*, para salir por la parte delantera a contemplar las cadenas de montañas que se extendían unas detrás de otras, como telones, hasta el valle del Magdalena, y escapar así de la energía difícil que sobre la casa proyectaba el risco, especie de agobio u opresión que siguió allí, por supuesto, pues esas cosas no se van, pero que, gracias al espacio luminoso que creaba el entablado delantero, empezó a sentirse mucho menos...

En ese momento, Sonia pasa barriendo las hojas que el viento ha depositado sobre las baldosas del corredor y Raúl le admira el vestido, largo, entallado, azul magenta, de hombros descubiertos. Con el pelo abundante, ensortijado y muy negro sobre los hombros dorados, parece una joven dama romana.

Raúl pasa mucho tiempo en su silla del corredor, especialmente en días de lluvia como éste. Cuando caen aguaceros grandes, deja lo que esté haciendo en el banco de carpintería o en la mesa de dibujo para estar con ellos, verlos fluctuar, y también para escuchar al Lapas, que no lejos de allí se precipita torrentoso entre las piedras y ruge con sus muchas resonancias.

Hace poco terminó el dibujo de un azucarero de coco pulido, que a Sonia le gustó mucho. La base va a ser un trozo curvo de corteza de bambú, lo mismo que el asa de la tapa. Cuchara de madera de macana y, para mango, un palito también de bambú. El coco queda lustroso y veteado, con un lejano parecido al carey. Raúl había ya diseñado y mandado fabricar el salero, que consistía en media nuez de nogal tapada con la otra mitad, y una cucharita hecha de medio corozo al que le hizo agujeros para que espolvoreara la sal, también con mango de bambú. Muy bonito. Un fracaso. Como hay demasiada humedad, la sal se pone grumosa y no fluye. Y Raúl no puede producir un salero que sólo sirva para zonas secas. Ya verá cómo lo resuelve. Tal vez se les ocurra algo a los artesanos que le fabrican los prototipos. El «salero piloto», dirían los pedantes de las organizaciones internacionales, con ese lenguaje tan feo que les gusta tanto. Viven en La Esperanza, los artesanos, al lado de la estación abandonada del tren, y trabajan muy bien, pero son incumplidos y hay que tenerles paciencia.

A Sonia también le gustaron las casas prefabricadas, para familias pobres, que Raúl diseñó hace como dos meses. Adornó con guadua las junturas de los paneles de cemento, y algunos paneles son de sólo guadua. No le hicieron caso con su idea de usar techos de palma en las zonas calientes. Casas financiadas por una organización belga de ayuda a familias de escasos recursos, bastante burocrática y rígida. La palma les pareció un disparate, y quieren el mismo modelo de casa para las zonas calientes y para los páramos, pues producirla les sale así más barata. Los usuarios de tierra caliente, que se jodan. Lo malo, piensa Raúl, es que los usuarios también veneran el cemento y prefieren asarse al pie del río Cauca bajo un techo de ferrocemento antes que sufrir lo que para ellos es la humillación de uno vegetal. Le consuela saber que ahora se van a asar en las casas de él, que por lo menos son bonitas.

Cucharas, puentes, escuelas, capillas. Mejor ocuparse de una cosa y de otra, no de una sola. Raquel dice que Raúl es un Leonardo da Vinci del material vegetal. El helicóptero de guadua. La máquina de guerra hecha de macana y cañabrava. A Julia los chistes flojos de Raúl, como este de la cañabrava, la empezaron a exasperar. Julia cada vez se iba a exasperar más con él y Raúl con ella. Llegarían muy pronto a un punto en que él debía moverse con mucho cuidado, andar siempre con pies de plomo, para no desatar alguna pelea. Le aterraba la noción de perderla, pues sabía que para él podría ser mortal, y se cuidaba mucho al decir o hacer algo, para no contrariarla. La contrariaba de todas formas, sin querer, y en su frustración se ponía iracundo y poco faltaba para que le cruzara la cara de una cachetada y que todo se precipitara de una buena vez. Terminar así con aquella especie de atormentada espera. Cuando llegaban a eso, Raúl se quedaba en silencio total, para que ella no adivinara lo que le estaba pasando por la mente, y ella se molestaba entonces por su mutismo.

Julia no era persona de muchos chistes, fueran o no flojos, a no ser los convencionales o los que a ella misma se le ocurrieran. El humor de los demás la exasperaba, pues se sentía vulnerable. Las poetas profundas no andan divirtiéndose con niñadas como la del helicóptero. La gente corta de humor es una amenaza para la sociedad, piensa Raúl. Le alegra hoy saber que nunca más volverá a verla. Su recuerdo le produce un rechazo visceral, parecido al que siente por ciertos alimentos la gente que alguna vez se ha intoxicado con ellos, pero su imagen lo persigue todavía. Sabe que mañana cumple años, por ejemplo. Esa fecha la va a tener siempre presente, es una maldición. Ya no discute mentalmente con ella, eso sí, como hizo durante casi un año, día y noche, después de su abandono, ni la insulta ni le reprocha nada.

Ya se terminó el dolor.

Allá donde está, buena quedó, y que se siga yendo, que siga cayendo cada vez más hondo en lo más profundo del olvido es su deseo.

ALEJA

La muchacha no le llevó café y buñuelos al indigente, pero sí sobras de comida en papel de aluminio y botellita de Coca-Cola llena de leche. Él va a seguir escarbando la basura, pero no la va a regar, dice Katerina, probablemente no va a mostrar más el atado, espera Aleja, y ellas le van a dar todos los días leche y las sobras. Puede que cumpla. El exhibicionismo es una enfermedad. A Humberto va a causarle gracia la historia. Resultó inteligente la muchacha, vea usted. Vegetariano le va a tocar volverse al indigente, pues en esta casa no nos comemos a los muertos. Otra vez se puso a llover duro, esto es el Diluvio. Ha habido inundaciones en todo el país, se desbordaron el Cauca y el Magdalena, y el Ideam dice que va para largo. Justo en esta época en que deberían estar en pleno verano. No todo el mundo acepta a los vegetarianos. Dicen que son cansones porque ponen mucho problema allí donde van. No Aleja. Ella hasta come carne si no hay más remedio. «Eres la primera vegetariana que conozco que come cerdo», le dijo el chistoso del Humberto. Diana, la de Julia, es vegana. No come ni siquiera queso, ni se pone zapatos de cuero, y razón hasta tiene, pues no hay derecho a hacer sufrir tanto a una vaquita para hacernos zapatos. Pero tampoco hay que llevar todo al extremo, porque entonces no hay modo de vivir con los demás. No usa ropa de lana por respeto a las ovejas, qué tal.

Julia se irritaba con el vegetarianismo de Aleja y ni qué decir con el veganismo de Diana. Julia decía que los vegetarianos tenían cutis de papel y parecían vampiros. Se le metía una cosa en la cabeza y no había quién se la quitara. Ni cuenta se daba de que el problema de Aleja es el opuesto: se le ponen coloradas las mejillas con mucha facilidad, como a las campesinas, y se tiene que empolvar. ¡Venir a decirlo justo Julia, que tenía el cutis apergaminado y celulitis en las nalgas! Cuando se levantaba por la mañana parecía una brujita, una arpía, como la mamá sin cosméticos. Y así y todo seguía atrayendo a los hombres, por su mucha personalidad. Hasta demasiada, diría Aleja. Diana molesta mucho con eso: que si le echaron hueso a la sopa, que cobijas de lana no… Ella tampoco parece vampira, se ve sana. Cuando sale a viajar, cosa que le gusta mucho, aguanta hambre y se pone insoportable. Y con tanto deporte como hace tiene que tomar cantidades de suplementos para formar masa muscular. Bogotá con sol es agradable. Con lluvia día y noche, entristece. A veces parece que no amaneciera o que todo estuviera sumergido. El amanecer es igual que el anochecer. Era creída, piensa Aleja. Ni los pájaros cantan. Pobre Julia. Cómo aguantarán de frío estos indigentes por las noches. Los calienta la mugre tal vez.

RAQUEL

Amanece y oscurece y sigue cayendo nieve. El año pasado tuvieron una nevada grande, claro que no tanto como esta, y después la temperatura subió casi a cincuenta grados y volvió a bajar. La nieve a medio derretir se volvió hielo, muy peligroso. La mitad de la población de viejos de los cinco condados se quebró la cadera, entre ellos Albor, vecino y amigo de Raquel, que ni siquiera es anciano todavía, aunque vaya para allá que se las pela.

Julián se puso a tomar whisky con hielo y se quedó dormido en la hamaca, con *Hojas de hierba* en la barriga. Traducido por Borges, y ni tan buena la traducción, tampoco, piensa Raquel. Cuando Julián empieza a beber no puede parar y se quema en menos de una hora, máximo dos, como una caseta de pólvora de las que se incendiaban en las afueras de Bogotá. De niño, Raúl se voló con un cohete la punta de dos dedos de la mano izquierda. No se habían ido todavía para Bogotá. En Medellín prohibieron después la pólvora y los globos. ¡Lo bellos que se veían los globos, confundidos con las estrellas, encima de las montañas! En la época de

Giuliani prohibieron los triquitraques que echaban en la fiesta del dragón en Chinatown. Es muy triste un dragón sin triquitraques. Todo terminan por ajustarlo a la insulsa norma gringa. En el East River Park los puertorriqueños tenían unas bellezas de ruletas artesanales decoradas con pinturas naif, idénticas a las que Raquel y Raúl habían conocido de niños en la Costa Atlántica. Desaparecieron también para siempre, junto con el Bacardí que vendían en vasitos. ¡Ilegal! ¡Ilegal! ¡Ilegal! Claro que el ruido que metían los boricuas en el parque era infernal, Eddie Santiago rompiendo tímpanos, y el mierdero de basura todavía más infernal y feo. Raquel recuerda lo mucho que se conmovió Raúl, que por ese tiempo estaba en lo de la pasantía, cuando ella lo llevó a mostrárselas. Ese día, ya oficialmente en primavera, pero todavía con puñados de nieve sucia en los rincones, conoció a Julia, que la abrazó como si la quisiera mucho. Ya aquello a Raquel no le gustó, y eso que a ella la gente le cae bien por principio. Incluso cuando la cagan y muestran el cobre le caen bien. Todos menos Julia. Una persona sin cobre sería como un dragón sin triquitraques, piensa Raquel. Aquellos versos tan bonitos, ¿cómo eran? *Simpatizo con algunos hombres por sus cualidades de carácter y simpatizo con otros por su falta de esas cualidades.* Uno de sus estudiantes es fanático de Pessoa y cree que era una especie de santo. *Me gustan los hombres superiores porque son superiores. Me gustan los hombres inferiores porque son superiores también.* Cada cual con sus santos. Su mamá se convirtió en su santa. Pero Julia tenía algo que a Raquel no le gustaba, un egoísmo feo, escondido detrás de la zalamería infantil que agarraba a ratos para conquistar a la gente. Enamorada de ella misma y sólo de ella misma. Por lo que llamaba su carrera era capaz de matar.

RAÚL

Después de pasar algunas horas en el corredor viendo llover, Raúl termina por sentir que nada es sólido. Todo es ilusión, tremendo cliché, pero verlo de verdad no es tan fácil, pues las montañas por lo general parecen firmes y las piedras, duras. Hay algo que no tuvo principio ni va a tener fin, pero que no es esto ni es aquello, aunque esté en las montañas y en las piedras y en el agua y en el aire y sea tan poco sólido como ellos. Esa vendría a ser su religión. Nada de lo que uno ve tiene mucha realidad, pero aquello que sí tiene realidad está en todo lo que uno ve. «Nuestro nevado», decía Julia del Nevado del Tolima, que se ve en toda su imponente perfección desde el *deck* de su casa y desde el balcón de la de Raúl, cuando no llueve ni está nublado. Y él lo sentía también así, ilusionado que estaba, pero el nevado se volvió humo, ella misma se volvió nada, se volvió agua, se volvió lodo, se volvió niebla. Hay que quedarse quieto para verlo. Te mueves un poco y las cosas se aferran a su ilusión de sólido.

Es lo que tienen la guadua, el bambú. Son nada. No buscan la solidez, al contrario, quieren ser aire. La nada de los juncos que se mueven por el viento, piensa Raúl. Aire adentro, aire afuera. Con todo y lo corpulento que es Raúl, casi todo su organismo, si no todo, está vacío, igual que una guadua. Es sólo ruido. El vacío sonoro. El vacío pedorro. Lo bueno de vivir solo es que se está en libertad de soltarlos y poner a temblar los vidrios de las ventanas. Con Sonia debe tener cuidado y estar seguro de que no esté por ahí, pues la diferencia de edad no le permite descuidos. Menos mal ella se la pasa metida entre las matas. Un día lo oyó y le dio risa. «Las tres *pes* de los veteranos», dijo Sonia. «Pedos, periódico y pantuflas». Las pantuflas le gustan a Raúl, aunque sólo las tuvo cuando era niño. Las hay con forma de animales. Ya se ve sentado allí con dos conejazos en los pies, de la raza gigante de Flandes, por el tamaño del pie, y de color fucsia, para que le alegren la vida y alumbren en esa oscuridad de las lluvias. Y periódicos hace como mil años no lee, ni tampoco oye noticias. Los periodistas nos quieren hacer creer que suceden muchas cosas, cuando en realidad no está pasando nada. Hay una emisora en la que el locutor da la hora cada minuto, con tono de extrema urgencia, y luego viene alguna noticia tremenda o la continuación tremenda de una noticia tremenda. Hora, noticia, hora, noticia… Es el formato. El oyente termina exasperado, enervado. La historia se dispara, acelerada fuera de toda realidad por esos vándalos. Según el modo de ver de Raúl, la última noticia digna de mención fue el fin de la Segunda Guerra Mundial. O la muerte de Cristo, si uno se pone estricto. «*Cinco de la tarde*: ¡atención! Muere Jesús de Nazaret. Soldados que lo custodiaban afirmaron que el presunto salvador había fallecido tras pronunciar algunas palabras confusas…

Cinco y un minuto de la tarde: ¡Último minuto! Pilatos niega su responsabilidad en tan lamentables hechos. En declaraciones a la prensa el funcionario afirmó... *Cinco y dos minutos*: Los dos ladrones que lo acompañaban en el suplicio...».

JULIA

¡Tan quieta que me tengo que estar! Yo tenía mis defectos, como cualquiera, eso lo acepto, pero yo no hice nada para merecer esto. Tranquilo sí es, mentiría si dijera lo contrario. Me queda el consuelo de que conocí el amor y conocí el triunfo y si me hundieron tuvieron que hacerlo a los empellones y esquivando mis dentelladas, pues cobarde nunca fui. No me agradaban los timoratos, ni los flojos, y si a veces me derretía como si hubiera regresado a la infancia era por ternura o compasión. Por humana que era. Como con esos pobres animales, pobres, pobres. Esos caballos flacos que arrastraban carretas en Bogotá. ¡Pobechitos, pobechiiitos! Me provocaba bajar y abrazarlos. ¡Qué pesaaaar! Me mataban de la tristeza. Me tocaba empujar un poco a Manuela, mi propia hija, para que se despabilara y escapara de esa delicadeza femenina que a veces me desesperaba. La niña nació así, nada que hacerle. A Manuela a los seis años le fastidiaba la arena de la playa. Salía corriendo de los grillos y hasta de las mariposas. Ja, ja, ja. Y mientras Diana andaba brincando por ahí vestida de cualquier modo, Manuela se mantenía como un postre, pues le disgustaba sentirse mal arreglada. Viene en los genes. La abuela paterna era tal cual. Diana empezó a vestirse con cuidado, claro, y hasta con muy buen gusto, pues eso sí tenía, pero ya en la adolescencia. Rencor no le guardo a pesar de que ella a mí sí. Quien nos hubiera visto juntas habría pensado que nos queríamos, y es posible que nos hubiéramos querido, pero fue un amor complejo, lleno de malestares y celos. Como una planta llena de esos piojos que les dan. Mi amor por Manuela era muy intenso y Diana tal vez se resentía, a pesar de que ella misma la quería tanto como yo. Me parecía muy bella, Manuela, y me brillaban los ojos cuando la miraba, aún ya de grande. Escribí un poema. ¡Con esa delicadeza tan conmovedora! ¿Por qué estaba todo tan lleno de espinas? ¿Por qué la mía es hoy la voz de nadie, la voz del agua? A mi pobre padre lo ha hecho ir a este lado y al otro la gente que dice haberme visto en una ciudad o en otra, y como él no pierde la esperanza de encontrarme y quiere creer, hace los viajes, me busca y paga detectives o informantes llenos de malicia y de codicia. ¿Por qué todo de repente se quedó sin color?

De: Raquel
Fecha: Martes, 10 de enero, 6:32 p.m.
Para: Adela
Asunto: Maricadas varias
Adjuntar: Foto

¡Impresionante! ¡Acaba de pasarme lo mismo! Apareció la foto de mi mamá en un baúl donde no tenía por qué estar. Asusta un poco, así se trate de ella, ¿cierto? Raúl dice que a nosotras dos nos gusta dárnoslas de brujas e imaginarnos cosas, pero yo creo que también a ellos les pasa y ni se dan cuenta.

Y sobre lo otro que preguntabas… La muchacha es azafata, era. Auxiliar de vuelo. Muy bonita, sí, mucho más que la poeta esa, que nada que aparece. Te adjunto la foto de la muchacha, que me mandó Raúl.

La poeta era creída, mala poeta y casi lo mata. A Raúl le tocó en suerte, o en desgracia más bien, enamorarse de una aspirante a poeta, arribista y mediocre como pocas. A él le parecía bonita, pero bonita, lo que se dice bonita, no era. Más bien común y silvestre, como dicen por ahí.

Pero, en fin, comparado con lo que ocurrió, ya eso no tiene ninguna importancia, ya eso es lo de menos.

A mí me late que algo muy malo le pasó. Ya va casi un mes, y nada. Guerrilla no hay por esos lados, dice Raúl, pues por un rato corrió el rumor de que el último marido, que vino a ser el sexto, imagínate, un hampón de buena familia, un *playboy* de los de las páginas sociales, se la había vendido a la guerrilla. En ese país todo lo hace la guerrilla, y los culpables de tanta cosa se lavan las manos. Hasta los peculados se los achacarían a la guerrilla, si pudieran.

¡Nada de vender! Le hizo algo él mismo. La guerrilla más bien le habría echado mano al hijo de papi ese. La policía lo ha estado interrogando, en todo caso, cómo no lo van a interrogar, si es el marido; claro que vos sabés cómo es la policía allá. Ha habido pedidos de rescate, pero falsos, dice Raúl. También ven posible que ella se haya escondido, como hacen a veces los que sufren depresiones graves, y que se haya ido a vivir muy lejos, Buenos Aires, Boca Ratón, Manizales, y cambiado de identidad. No es chiste: alguien dijo que había visto a una mujer muy parecida a ella, pero desgreñada y sucia, que cantaba muy bonito en una banca de la catedral de Manizales. Pero Julia, de deprimida, poco, me parece a mí. Yo siento una... Ni sé cómo explicarlo. Usted me entiende. Y lo malo es que en esas cosas casi nunca fallo. Ahora que estaba mirando el colchón de nieve apilada en la escalera de incendios algo me sobrecogió. La nieve brilla como si estuviera viva. Fría y viva, ¿sí me entendés? Asusta. Como no sabemos nada sobre el mundo; como no tenemos ni idea de qué es esto donde estamos, seguimos desvalidos como niños. Y de pronto hay cosas como esa nieve sobre el óxido de la escalera, o un ventarrón con lluvia contra el vidrio de la ventana, y uno se tiene que controlar para no sentir pánico; pavor, mejor dicho.

¿Qué más era lo que preguntabas? Ah, sí. El mofongo se prepara de la siguiente manera: seis plátanos bien verdes. Allá en Saskatoon no ha de ser fácil encontrarlos, pero ya casi no hay sitio en el planeta donde no se consigan...

Aleja

No debes pensar en otra sucursal solamente, Aleja, le dijo Humberto, tan bello, sino en una cadena de institutos. Él estaría dispuesto a invertir, y ahora Aleja debe frenarlo, pues está entusiasmado y mirando locales en el centro y también por Suba, y consiguiendo más socios entre sus colegas de publicidad. Aleja le dice que ni sueñe con crecer tan rápido, que yoguinis capacitadas sólo tienen a Diana —lo odia a muerte, dicho sea de paso, lo mismo que Manuela— y Humberto dice que eso nunca ha sido problema: se las capacita y listo. De la misma clientela van a salir las administradoras de las nuevas sedes, dice. Aleja preferiría ir piano pianito, y tampoco quiere mezclar amistad y trabajo, sentimientos y trabajo, sexo y trabajo, pero todo lo que dice Humberto es tan sensato, tan bien pensado. Y hay que tener en cuenta que las cosas siempre le han salido bien, por su instinto para los negocios, y por eso hoy está tan rico, digan lo que digan las malas lenguas. Porque envidias nunca faltan. Claro que Aleja preferiría que no interviniera tanto, pero no encuentra la manera de decírselo, y es más difícil todavía por ser sus ideas tan brillantes. Los treinta millones que Aleja le prestó son otra cosa. Son algo personal, nada que ver con sus proyectos profesionales. Lo mejor es siempre mantener las cosas separadas, pues de otra manera se forma un caos que uno no sabe ya ni dónde está parado. Y Humberto mismo ha insistido en pagarle esos intereses tan generosos. Tan bello que es. Tan buenmozo. Con esa voz profunda que acaricia el oído. Ayer le dijo que por favor le prestara otros diez, que seguía un poco ilíquido, temporalmente, y Aleja tuvo que mentirle y decirle que no los tenía. Él no puede estar ilíquido, pues tiene todos esos CDT que le dejó Julia. No es que le preocupen los treinta a Aleja, no, ella sabe que él va a responder, para él eso es plata de bolsillo.

El martes de la semana entrante le tiene que consignar los primeros intereses.

RAÚL

Los seis meses que duró la construcción de la casa de Raúl fueron más bien tranquilos. De vez en cuando estallaban malentendidos, que se aclaraban con relativa rapidez, y que después de terminada la construcción se harían más frecuentes, intensos y difíciles de resolver. Él la irritaba sin querer y se enfurecía cuando Julia hacía gesto de tenerle paciencia, de ser tolerante con él. Las peleas parecían aparecer siempre de la nada, como ratas que cayeran de pronto del techo, irracionales, absurdas.

Raúl había pensado la casa en bahareque, que es un material barato, bonito, fácil de construir, pero al fin se hizo de adobe sin pañetar, idea de Julia, y también fue idea suya que todas las esquinas fueran curvas. Un acierto las dos, pues el adobe es más duradero, y como la tierra allí es gredosa, fabricaron los adobes ellos mismos y la casa no salió cara. El color del adobe es descansado y hace resaltar el trabajo de madera. No tiene ángulos rectos, la casa. Trajeron un maestro de obras de Villa de Leiva, un artesano, más bien, a quien Raúl conocía porque había visto en un libro sus trabajos de adobe, diseñados y realizados por él mismo, una especie de Gaudí rústico, muy bellos. Tremendamente callado y llevado de su parecer, el maestro Segundo, como una mula, y sin duda un hombre de genio. Y de mal genio. Se enojaba fácilmente, igual que el maestro Nosferatu del centro de zen, pero sus resultados eran más visibles, pues producía bellezas, a diferencia del otro, que no obtiene resultados muy concretos, en opinión de Raúl, pues hasta donde alcanza a ver, los que vienen a buscar su guía salen, meses después, o años después, tan enredados como llegaron. Y tal vez con menos sangre. O con la sangre debilitada, en todo caso, pues se alimentan muy mal en el monasterio. Los que salen disgustados dicen que el maestro trata de arrancarles el yo a palazos.

Segundo terminó haciendo la chimenea como le dio la gana. Raúl le dejó las indicaciones y, cuando volvió, el maestro había hecho algo fuera de serie, sin duda, pero totalmente distinto de lo que se le había indicado. Tan bonita le quedó la chimenea que Raúl ni siquiera pudo enojarse. En alguna parte, Segundo se consiguió una enorme laja de piedra para ponerla sobre el depósito de guardar la leña, y la dejó saliente, de forma que sirviera de asiento a quien encendiera la chimenea. Se parecía a los hornos de barro para hacer pan. La enmarcaban adornos abstractos en barro suavizado casi hasta lograr la textura de la madera, picudos o redondeados, aunque discretos, y el buitrón subía con curvas apenas insinuadas que daban la sensación de materia viva.

Gaudí se habría sentado a mirarla.

Un peligro de maestro de obras. Si estaba de acuerdo con las indicaciones de Raúl, las seguía al pie de la letra; pero si consideraba mejor lo que él tenía en mente, no había poder humano que le impidiera hacerlo a su manera, como pasó con la chimenea. Entre su genio y su mal genio, a Raúl sólo le quedaba confiar en que a la larga todo saliera bien. Y todo salió siempre mejor que bien. Cuando publican fotos de su casa pide que le den crédito a Segundo, cosa que pone feliz al maestro, pero Raúl nunca más volverá a trabajar con él, pues la lucha permanente contra su terquedad lo deja agotado al final de cada obra.

Tantos años trabajando en esto hacen de Raúl un experto en maestros de obra.

Huele a torta de plátano maduro horneada con jalea de guayaba. Huele a pollo con vino de Marsala.

El maestro Braulio, que le ayudó con la casa de Julia, nunca se acostumbró a que Raúl lo tratara de igual a igual, y al final se le subió la soberbia a pesar de ser de habilidad apenas mediana, se puso irrespetuoso y Raúl tuvo que echarlo. Y el maestrico William, de cortísima estatura, con quien está trabajando ahora, comete errores garrafales e intenta convencerlo de que todo quedó bien y es Raúl quien mira mal. En la casa que ahora construyen en las afueras de Zipacón, los tomacorrientes, según William, no le habían quedado torcidos: era una ilusión óptica, por la manera como les llegaba la luz. «Ilusión, las bolas», le dijo Raúl. La clienta se reía. Simpática. Bonita. Extranjera. Francesa. No muy joven. Raúl lo obligó a quitarlos, claro, y la segunda vez le quedaron como tenían que quedar. Simpatiquísimo, William, gracioso como un mono, pero así realmente no se puede trabajar y Raúl va a tener que buscar otro. Julia no alcanzó a conocerlo. Lo habría detestado.

El maestro Segundo le inspiraba a Julia temor, más que respeto, cosa que ella jamás habría reconocido, pues detestaba sentir miedo. Se sentía humillada. El día en que conoció a Raquel, Raúl la vio controlarse para que no se le notara el pánico. Estaba hermosa, eso sí, pequeña, con la cabeza erguida, desafiante, como una perrita terrier. Le dio un abrazo desproporcionado a Raquel, que se desconcertó. Después, hablando de su gata, y por su mucho amor al animalito, o por el nerviosismo, más bien, Julia se convirtió durante unos segundos en la niña de diez años, cosa que desconcertó todavía más a Raquel.

Durante esos seis meses largos, el maestro Segundo y Julia evitaron siempre cruzarse. Cuando Raúl y Segundo hablaban sobre temas de la obra, ella prestaba mucha atención, pero no decía nada. Después le hacía sus comentarios a Raúl y opinaba sobre lo que él le debía decir al maestro. Desde el principio, Raúl supo que ella lo abandonaría en cualquier momento y, a pesar de eso, actuaba y hacía planes como si fueran a estar juntos para siempre. Esa zozobra, que al comienzo se negaba a reconocer y mucho menos expresar, le había comenzado a minar el espíritu ya desde los días del Jardín Botánico. Cada vez decía y hacía las cosas con más cuidado, no fuera que alguna imprudencia precipitara el abandono. Lo que ella decía casi siempre se hacía. Y el maestro Segundo siempre aceptó sin chistar las sugerencias que venían de ella, por considerarlas valiosas o quién sabe por cuál razón, pues ni siquiera tenía cómo saber que eran de Julia. Así habrían podido seguir ella y Raúl mucho tiempo, décadas, o incluso hasta el fin de sus días, él cuidándose de no provocarla, midiendo cada una de sus palabras, y ella siempre al borde de irritarse del todo y abandonarlo.

El problema fueron los poemas. Con eso Raúl no pudo.

Si a una persona le leen un poema, que en opinión de esa persona es ininteligible y además desabrido, y se espera que reaccione y opine, el aburrimiento le aparece en el gesto, aunque no lo quiera. Preferible sufrir un infarto, considera Raúl, o que se acabe el mundo de una buena vez, antes que verse obligado a oír tal poema u opinar sobre él. Pero Julia, que claramente le veía el gesto, orgullosa, imperiosa, insistía. Raúl le decía que él no sabía nada de poesía, que a él lo que le gustaba eran las novelas policíacas, y ella, seca y muy enojada, contestaba:

—La poesía no se escribe para los que saben. Se escribe para todo el mundo.

¿Por qué no se dedicó sólo a cantar, más bien, y a la publicidad? Eso era lo que ella hacía más que bien. Así tal vez habrían sido felices.

RAQUEL

Lleva más de cuarenta años en Saskatoon, Adela. Increíble. Veranos de diez días, inviernos de 70 grados bajo cero. Comparado con eso, Inwood está a la orilla del Magdalena. Alberto, Lucía y Marta no han salido de Colombia. Marta poco ha salido de Teusaquillo, y Alberto ni de Teusaquillo, piensa Raquel, y muy poco de la casa. Sólo a trabajar a la oficina, que queda a dos cuadras, y vuelta a la casa. Hermanos solterones haciéndose compañía. Lucía sí ha viajado, pero no largo. Cuando Raquel va a la casa, siente que su mamá está por ahí, leyendo o tejiendo en su cuarto. De los cinco, Raquel es la única que conoce la finca de Raúl. ¿*Las llanuras de Abraham* era en Saskatoon? Buena lectura para adolescentes. Buscar por internet. ¿Sherwood Anderson? No. La novela sucede en Canadá, Raquel la leyó cuando era niña. Raúl tiene la biblioteca del padre completa y muy cuidada, con *Las llanuras de Abraham* incluidas, pero se le va a podrir allá de todas formas, con esa humedad tan berraca. Cuando fue a conocer la finca de Raúl, le tocó una noche de lluvia y niebla como para ponerse a llorar. Lluvia, niebla, arroyos, nacimientos, quebradas… Demasiado. El aire se mantiene saturado. Todo rezuma agua, todo gotea, hay que salir siempre con botas de caucho y no se sabe si hace calor o hace frío. La vegetación es espectacular, eso sí, pero a Raquel el campo le parece una mierda, y más ese tan húmedo donde vive Raúl. En el campo lo mata a uno la melancolía. «Lugar absurdo donde los pollos caminan crudos», decía Bernard Shaw. La mamá casi nunca iba a la finca que compró el padre en Pacho, pésimo negocio, y todos menos Raúl le salieron a ella en eso. Y a él se le va la mano en el otro sentido. Prepararle a Julián un caldo de pollo con fideos. Raquel no quiere que deje de beber, no, pero que al menos lo haga con alguna moderación, cosa que no conoce ni para eso ni para el sexo, a Dios gracias, ni para nada. A las once se va a despertar, se va a tomar el caldo, algunos whiskies, y se va a dormir a eso de las tres o más, otra vez con *Hojas de hierba* en la barriga. Raquel no entiende a las mujeres que aceptan estar con un hombre y después quieren cambiarlo. Raúl había hablado siempre mezclando el «usted» y el «vos», que era como hablaban en la casa, y de un momento a otro lo oímos hablar sólo de tú, pues era lo que Julia le exigía. Lo corregía en público. «¿Usted?», le decía. Vieja pendeja.

Y le hacía poner suéteres de colores, a él, que le gustan el gris y el negro.

—Parecés un golfista moreno. Un *caddie* gordo, mejor dicho —le dijo Raquel. Y Raúl sonrió.

—Robusto —precisó—. Me alegra que te guste el suéter.

Persona grande su hermano menor, piensa Raquel, en todo sentido. Para que su irritable y amada miquita estuviera contenta le hablaba de tú y se disfrazaba con suéteres rojos y amarillos.

JULIA

Siento lástima de mi padre, pues su hija se le volvió agua y aire, y él no quiere resignarse. Va siempre a donde le dicen que me vieron. Duerme mal. Sueña que llego a su casa y toco a la puerta, pero que él está como aprisionado en la cama, y, cansada de esperar, vuelvo a irme. Mis hermanos están pendientes de él, que, aunque vigoroso y lúcido, ya es anciano. Pero su tristeza es grande y en eso ellos no alcanzan a ayudarle.

Añora a su única hija.

Para un poema: «Cada cual solo con su tristeza».

Mi poesía era tan sensible a la tristeza como a la alegría. En el libro que le dediqué a Raúl, que escribí pensando en él, mejor dicho, pues al único al que le dediqué expresamente algún escrito mío fue a mi padre —un poema, no todo un libro tampoco—, se percibe mucho la alegría. Aquel libro de amor nació de nuestros primeros meses en la finca, mientras construíamos su casa, cuando fui tan feliz. Pero su respuesta no fue ni remotamente la que yo esperaba. Su desapego, su cortesía, me dolió en el alma, pues me di cuenta de que no lo habían tocado los poemas, no le habían interesado, y que las dos o tres cosas que dijo habían sido dichas por cumplir. Él no era expresivo, es cierto, era patológicamente callado, y no era lector de poesía, como me lo explicó varias veces, demasiadas veces ese día, pero así y todo quedé descorazonada. Aquello me partió en dos y así se lo diría después. Me lo publicaron en la revista *Luna de Locos*, no muy conocida pero de buen nivel, y sobre todo recibí excelentes comentarios de mis amigos del blog.

A Raúl tuve yo que tenerle mucha paciencia y tolerancia, por sus muchas rarezas, por esa tendencia suya a no quererse dejar ver, a desaparecer, a evaporarse, alguien como él, que podía brillar más y que por algún motivo no lo hacía. Si aquello era timidez, debo reconocer que me parecía patética la timidez en alguien que ya no era joven, como él, que había cumplido los cincuenta y cinco años de edad seis meses después de nuestro regreso. Los viejos tímidos son ridículos. Pero era apasionado y tremendamente cariñoso, cosa que eché de menos, especialmente ya casada con Humberto, que en la hora final se mostraría tan brutal, tan cruel.

Y la casa nos quedó bellísima. Escribí un poema con mis impresiones sobre la construcción ya terminada, pero no quise mostrárselo a Raúl, pues ya iba yo entendiendo por entonces que no se iba a interesar en estos asuntos míos. Es decir, en mi mundo, en mi vida. ¡Si su reacción ante los poemas de amor fue la que fue! Está bien. Digamos que yo no haya sido una gran poeta... Claro que eso nadie lo sabe y sólo los siglos pueden decidir sobre un asunto que a mí ya no me incumbe. ¡Pero si no se trataba de eso! Mi pasión por las palabras era genuina, mi amor por ellas grande, y eso no supo él ni verlo ni entenderlo, y por eso un día me arranqué de su vida y se la desgarré hasta el hueso.

Me han buscado por montes y por selvas. Han preguntado por mí en barrios de mala muerte de ciudades en las que nunca he estado. Me han buscado incluso aquí donde ya no estoy. Y no me han visto. ¿Será que no quiero que me encuentren? ¿Qué fecha será hoy allá donde todavía hay fechas? ¿Será que no quiero que se den cuenta de que ya no tengo cómo ponerme mis zarcillos? Han pasado helicópteros por encima de donde ya no estoy y también por encima de donde nunca he estado. Mis hermanos le dicen a mi padre que van a seguir buscándome. ¿Para qué?

En cambio mis hijas a ratos se olvidan de mí.

La gente pensó que había abandonado a Raúl de forma abrupta, pero no fue así. Lo desgarré, es cierto, y con buenas razones. Pero antes se había producido un deterioro más lento que el que produce el agua bajo los juncos.

RAÚL

Es hermosa la estufa de leña, con sus herrajes de cobre rosado, que Sonia mantiene muy brillantes. La de gas parece la estufa auxiliar. También aquí el maestro Segundo se lució, con sus diseños de baldosines multicolores partidos, diseños que iba creando a medida que los incrustaba en la pared. Sonia prefiere preparar ciertas cosas en la estufa de leña. El sancocho de gallina, por ejemplo. Las arepas de maíz pelao. Quién sabe cuánto va a estarse allí con él, quién sabe qué irá a hacer Raúl cuando se vaya ella. Él es un solitario que nunca ha estado solo. Un solterón siempre emparejado, pero piensa que esta vez va a ser distinto. Piensa que ahora sí le va a llegar la soledad grande, tal vez, la soledad final, que se va a juntar de nuevo con la del inicio.

La vida es un irse todo el mundo, a otra ciudad, a otro mundo, al otro mundo, y uno quedar ahí, sin entender muy bien por qué no se ha ido también. Ella parece feliz, con su cocina y sus jardines, pero es muy joven para estar del todo en una finca. Quién sabe si tenga Raúl la capacidad para quedarse solo, y menos ahora, con el recuerdo de lo que pasó con Julia rondando por la región. Tendría que pedir el apartamento de Bogotá, para ir de vez en cuando a hacerse acompañar por el humo y el bochinche y emborracharse con los tres amigos que tiene. No se acostumbra Sonia a estar mantenida, además, a no tener su propia plata. Ganan bien las auxiliares. Trabajo durísimo. El aire se recicla en el avión y uno va, digamos a París, respirando una y otra vez, diez horas, los eructos de las doscientas personas de a bordo. A la gente que abre la puerta a la llegada se le viene encima la bocanada de mal olor, le cuenta Sonia, y tiene que taparse las narices. Con el tiempo las azafatas pierden la memoria, por los muchos cambios de presión, dice Sonia. Y por respirar gases ajenos también, le dice Raúl, y sobre todo por la comida. Ella se ríe. Dientes perfectos los de Sonia, bella sonrisa. Excelentes hoteles, excelente comida en los hoteles, horrenda en los aviones, horarios brutales. Cuando pasan los aviones arriba de las montañas, ella los mira.

No con nostalgia, piensa Raúl.

Muchas veces, sentado allí, le parece ver a Julia con el delantal mexicano de flores, caminando hacia él con un vaso de ron con hielo y limón en cada mano. Le gustaba cocinar y lo hacía bien, aunque no tanto como Sonia, que es una chef innata. La lengua de res con alcaparras y tomate es la mejor que Raúl ha probado nunca. Mucha y muy fuerte es la presencia de Julia aquí en su casa. Entristece su recuerdo como entristece la presencia de los muertos. En cada adobe. En muchos detalles. En los diseños grandes. Cuando estaban juntos, todo lo que vivían tenía la calidad de eterno, así durara un parpadeo. Durante aquellos meses la alegría de estar juntos, a pesar de las peleas, los hizo sentir más que duraderos, más que estables. «Tú eres mi lugar», decía Julia. ¡Siempre con sus clichés! O «Es que somos apasionados», decía, refiriéndose a lo intenso de sus conflictos. La reina del lugar común, la llamaba Raquel. ¿Será que sí lo sentía?, se pregunta Raúl. ¿Será que de verdad estuvo enamorada? Puede que tal vez quién sabe, como decían de niños. Bueno, ¿y qué mayor lugar común que el de la fugacidad de las cosas, el famoso parpadeo? Si Raúl dijera «¿Por qué esa sensación de eternidad en la gota que pende de la hoja seca que cuelga de una telaraña que está a duras penas agarrada de la rama quebrada de un árbol muerto en plena niebla?». Igual sería un lugar común, pero mejor vestido. Son clichés porque son ciertos. *Exégesis de los lugares comunes* es el título de uno de los libros que heredó de su padre y todavía no ha leído ni va a leer. León Bloy, el escritor. Tremendo nombre.

Y ni sabe Raúl lo que significa exégesis.

Boleros en Tolima Estéreo en ese mismo corredor y en esa misma silla que se ha de comer la tierra. Mientras se tomaba el ron, Julia los cantaba también en la cocina, con toda la calidez de su voz, y sentía Raúl el corazón como sumergido en miel. Hermoso cantaba. La casa estaba ya casi terminada y pasaban allí la mayor parte del tiempo. El maestro Segundo había dejado para el final el baño exterior y también el kiosco redondo, de guadua, palma y piso de zapán de muchas vetas, y que Raúl casi nunca usa. Allá está el chichorro que compraron Julia y él días antes de la separación, lujoso, blanco, muy caro, como de princesa guajira, y en él es donde se ha devorado Sonia las novelas de los rusos. Raúl es persona de silla en corredor apoyada en pared, no de kioscos con chinchorros caros y equipos de sonido, mesas y vasos. Si acaso el transistor.

ALEJA

—Señora Aleja, voy a introducir lo que quedó de las lentejas en la nevera —dice Katerina, y a Aleja le da mal genio. «Meter, meter las lentejas, ¡meter!», está a punto de decirle, tal vez gritarle.

—*Introdúzcalas*, Katerina, sí, por favor —dice, en cambio, con todo el veneno del que es capaz.

Quedaron muy buenas, con chorizo, pero hicieron demasiadas y la comida guardada se pone tamásica. Una vez cada mil años no hacen daño con chorizo. Una vegetariana que come chorizo, diría Humberto. O le dice Katerina: «Perdón, señora Aleja, qué vergüenza, no le estaba *colocando* atención». ¡Ay! Le provoca matarla. ¿Así le hablaría al indigente? ¿Sería por eso que le hizo caso y le ayudó a recoger la basura? Lentejas tamásicas, en todo caso, para el cochino ese. Aleja le puso una vela a una torta pequeña que había horneado, y abrió una botella de vino blanco frío, pero no quiso sentarse sola. Sintió algo, miedo, y Katerina se sentó con ella. Aleja prendió y sopló la vela y comieron mientras sonaba la lluvia en la claraboya del comedor y Katerina le hablaba de la úlcera varicosa que por fin habían podido curarle a su mamá después de muchos años. Aunque Julia nació a las doce y veinte de la mañana del 10 de enero, Aleja le celebró el cumpleaños unas horas antes. No quiso decirle nada a Katerina, y la muchacha pensó que era el cumpleaños de Aleja. Llamar a los hermanos de Julia y al papá los habría entristecido peor, son unos caballeros, todos ellos, y del papá tiene Aleja muy buenos recuerdos de la infancia. De la mamá nunca más volvió a saber ni le interesa. La quiso poco cuando eran niñas, por lo odiosa que era con ella, y hoy la quiere todavía menos. Y con Julia, ni se diga lo cruel que fue esa señora. Una yoguini debe evitar sentir gusto o disgusto por las cosas, no discriminar con la mente, pero el caso de la mamá de Julia es especial. Qué vieja horrible. Huele siempre a cosméticos. A las niñas Aleja las llamó hoy. Diana no quiso pasar, Manuela sí. Lloraron, claro.

Maravillosas sus fiestas de cumpleaños. Se las organizaba Julia misma. Ella siempre fue la persona más importante en el mundo para ella misma. Ponía sus propias fotos en la biblioteca. En segundo lugar estaban su padre y Manuela, aunque por allá muy lejos y ninguno de los dos con fotos. Preparaba las fiestas de su cumpleaños con mucha antelación y a veces eran temáticas. Su último cumpleaños fue con tema de la escritora Doris Lessing, y preparó la sopa de tomate que aparece en una de sus novelas. Aleja no es de novelas, y de poesía, menos. Julia la veía leer sus libros de yoga y autosuperación y hacía gesto de condescendencia. «Yo soy muy escéptica para esas cosas», decía con un tono que a Aleja le producían ganas de matarla. Así que de esas cosas casi mejor no hablaban. Julia era engreída con sus… A Raúl tampoco le entusiasmaban demasiado las fiestas literarias ni los cumpleaños en general. Después, Julia se inventó unas noches literarias en las que varios poetas leían sus trabajos. Todos los martes. Aburridísimo. Aleja estuvo en dos y no entendió ni medio poema. Parece que escriben para que la gente no los entienda. Se felicitaban entre ellos. A ella ni siquiera le preguntaba Julia si le gustaban sus poemas. La daba por perdida en ese campo y no le importaba su opinión. Y con razón, piensa Aleja. Los últimos versos que leyó fueron de *Simón el Bobito*. Claro que el *Tao te King* son poemas. Fueron amigas de infancia, esto es, mucho antes de que ella se volviera escritora, y Aleja todavía no entiende por qué quería a Julia como a una hermana. O la detestaba como a una hermana, más bien. Esas cosas no se entienden, y menos cuando empiezan en la infancia. Ocurren y punto, nada que hacer. Las veladas eran en su apartamento de Bogotá y tal vez por eso mismo Raúl dejó de venir y se encerró en la finca. Ese encierro de él tuvo mucho que ver con la decisión que de pronto tomaría Julia de abandonarlo, piensa Aleja. «Él no compartía mi mundo», le dijo un día Julia, disculpándose, pues sabía que Aleja no había estado de acuerdo con la forma como hizo Julia las cosas. No con lo que hizo, sino con la forma tan dolorosa como lo hizo. «Tú siempre has encontrado disculpas para dejar de querer», le contestó Aleja, para bajarle los humos y defender un poco a Raúl, la verdad. Se pelearon muchas veces desde que estaban niñas. Julia no dijo nada, pero dejó de comunicarse durante casi un mes y Aleja sabía muy bien a qué se debía su enojo. Por lo menos no le dijo esa vez que no se metiera en lo que no le importaba.

Raquel

A veces a Julián lo despierta el olor del caldo, pero esta vez tomó mucho y muy rápido y no lo despierta ni el Ángel del Juicio Final. Está muerto en la hamaca, sólo que respira. Ojalá se acueste en la cama sin beber más. Darle el caldo apenas abra los ojos, para que se vuelva a desplomar. Echarle mucho cilantro, para que obre como narcótico.

Cada que pasa frente a la escalera de incendios y ve el colchón de nieve espumosa, piensa en Julia. ¡La mente! No hay que jugar con la cabeza, le dice con frecuencia Julián, que la conoce. «Ahora me va a dar por lamentarla, vea pues, quién me entiende», piensa Raquel. La muerte es una mierda, pero lo peor no es la muerte sino esto. Y en Colombia en los periódicos siguen dándole al tema. Fotos del hijo de papi ese, todo bonito, burlándose de todo el mundo, como quien dice «prueben que le hice algo, a ver, si son tan machos». Un gesto de arrogancia parecido al de O.J. Simpson y también al de aquel muchacho *yuppie* que estranguló a la novia una noche en el Central Park, detrás del Metropolitano. ¿Cómo se llamaba? Ella era de apellido Levin. *Yuppies* los dos. Ella menudita, él grande. Dijo que ella lo había amarrado, y que le estaba haciendo caricias sexuales demasiado fuertes y la mató por accidente al tratar de quitársela de encima. «Llevo mucho tiempo trabajando en esto», dijo el juez. «Y, que yo sepa, usted es el primer hombre que ha sido violado por una mujer en el Central Park». Después del chiste del juez lo zamparon a la cárcel, a ese sí, desgraciado, y se le fue hondísimo.

Incluso hubo orden de cateo de la casa de Raúl, quién sabe ordenada por quién, algún juez, pero se limitaron a tomar café en el corredor, dos policías. Lo que se dice catear no catearon nada. Días después fueron los de antisecuestros y lo molestaron un poco más, tampoco mucho. Están demasiado ocupados con el Mono Jojoy como para perder el tiempo con Raúl. Tipo maluco, el Mono, piensa Raquel. De revolucionario no tiene un soberano jopo. Mientras no haya notas de rescate ellos no pueden hacer nada. Tiene ojos apacibles, como de yogui, Raúl, como de santo. Mosco muerto, le dice Raquel. Mucha fuerza sí tiene. La habría podido ahorcar con dos dedos, mejor dicho, o medio ponerle una almohada en la cara y listo. Unos arañacitos de nada le quedarían en los brazos. Como asfixiando a una gata. ¿Por qué a Raquel siempre se le ocurren esas imágenes tan horribles? Tantos asesinatos impunes. Tantos ojos morados, reventados, dientes tumbados, labios partidos, fracturas de huesos, lesiones de órganos, concusiones. Las dejan parapléjicas, idiotas, tuertas, desorejadas, desdentadas, cojas, vegetalizadas, muertas… Sin contar la angustia sin límites, el infierno de la tristeza sin remedio. Son unas bestias, los hombres. Raquel debería aprovechar para darle una patada en el trasero a ese de la hamaca, y cuando se despierte decirle que es por lo de Ciudad Juárez. Si se despierta. Mentiras, pobrecito. ¡Cómo se le ocurre! Con lo suave que es. Sus hermanas le dicen que debe tener cuidado de no irlo a aporrear con las burradas que le dice a veces.

RAÚL

Cuando están en el corredor o en el balcón de arriba, por las noches, y pasa algún jet muy arriba, alumbrando como un cocuyo, Raúl le dice a Sonia «Allá van tus colegas respirando pedo de pasajero». Ella lo mira entre horrorizada y asqueada, y risa no le da. «Viento de pasajero», corrige Raúl, y ahí sí logra que se ría un poco. Sonia acaba de leer *La muerte de Iván Ilich* y está conmovida. También le gusta a él Tolstói, y eso que muy buen lector no ha sido. Con los libros le pasa lo mismo que con el cine: no puede evitar ver las maromas que hacen para enganchar a la gente, y con los dos primeros trucos del escritor le pierde el interés al libro. Todo es truco, claro, en estas cosas; la pared no es lisa y bonita, sino que tiene adentro boñiga, greda, pasto y esterilla de guadua. Con basura y estiércol se construye la casa del Señor. Pero hay el truco falso y hay el truco verdadero. Una cosa es construir la casa del Señor y otra querer ganar plata. Sonia, en cambio, pasa sin problemas de Tolstói al *bestseller* más burdo. «Bueno no está, para qué, el libro, pero no puedo parar de leer», dice. Raúl empezó a explicarle lo del truco falso y el verdadero y vio que a

Sonia la atención se le empezaba a separar del cuerpo, como con ganas de irse para el cielo. Y ahora a Raúl ya le comenzó el hambre en serio. Le importa poco lo de los trucos, a Sonia. «Y tiene razón, yo jodo mucho». El mejor pollo con vino de Marsala se lo sirvieron en el club ese de Bogotá la única vez que estuvo con Julia y sus padres. Allá conoció, mejor dicho, el tal pollo. Se lo mencionó a Sonia y ocho días después lo tenían en la mesa. Quién sabe dónde se consiguió el vino. La receta, de internet. Y le quedó casi tan bueno como el del club.

Si no fuera por las depresiones, Sonia sería una persona perfectamente feliz. Le llegan de pronto, como un ladrillazo, y desaparecen de repente, como si nunca le hubieran dado y hubiera sido feliz sin interrupción desde la infancia. Se encierra y no vuelve a hablar. Se le apaga el brillo de los ojos. «Se me ponen color pasto. Parezco una gallina encenizada», dice. Se acuesta —a dormir, supone Raúl—, no en la cama de los dos, sino que se encierra en uno de los otros cuartos. A veces él toca a la puerta, no sea que se haya colgado de una de las vigas de roble. Así de brutal es la embestida de la tristeza. «Todavía estoy aquí, Raúl, no te preocupes», dice con voz neutra, ni débil ni fuerte. Siempre hablan de consultar algún médico, un siquiatra, y nunca lo hacen. Se recupera y olvidan el asunto. Han tenido suerte ahora que ha pasado todo esto de Julia, pues hace meses que Sonia no sufre episodios de tristeza. Y está tranquila con eso, mucho más que Raúl.

Raúl a veces siente que Julia los mira desde alguna parte. Se lo mencionó a Sonia y ella dijo que eso mismo le había pasado después de la muerte del mayor de sus hermanos. Ni riesgos de mencionárselo a Raquel, o se alborota. Ayer, chateando, le dijo a Raúl que está sintiendo que Julia no está muerta; que podría estar hecha un zombi o algo, por ahí en algún lado. Cómo así, le preguntó Raúl. Le dieron algo, escopolamina o algo, la emburundangaron y se les fue la mano o algo, escribió. Y después de un momento agregó: «Y bastante pendeja que ya venía, ¿no?». Hace chistes pesados para disimular lo impresionada que está con el asunto. Lo ha sorprendido con eso.

JULIA

Lo que más extraño son las formas de las cosas. Ahora que no las tengo las entiendo y podría escribir como los dioses. Pero manos ya no hay. Todo ahora por fin está completo y ya no tengo que luchar para ver el lado oculto de nada. Antes veía yo superficies, cáscaras, apariencias. Extraño todo eso. Antes veía yo una montaña que en una parte era azul profundo, en otra verde, y no lograba saber dónde comenzaba el azul y terminaba el verde. Por eso era tan bella. Ahora no. Ya sé bien que no existe el azul ni existe el verde. Todo es circular ahora. Todo está completo. Frío. Yerto.

No estoy aquí y, sin embargo, tengo frío. Es como si estuviera allí donde se acumula la nieve. O como si estuviera al descampado, de pie entre los iris, o en el gua-dual de la casa de Raúl, frente a la casa, tiritando entre la lluvia. Todo es un sueño helado. La casa nos quedó lindísima. Muchas cosas se hicieron como yo propuse. Mi espíritu estaba en ellas y habita en ellas todavía, pero el cansancio de que él no se interesara en mi mundo aumentaba, y necesitaba yo buscar otro horizonte donde se valorara lo que yo era, se apreciara mi trabajo, mi pasión, mi vida. Y ¡qué hermosos se veían, desde ese corredor, los bambúes llenos de lluvia! Escribí un poema: *La lluvia en los bambúes*. Raúl había diseñado un bosque al lado izquierdo de la casa, grande, quinientos metros cuadrados o tal vez más, y había dejado un claro en el centro, al que se llegaba por un sendero sinuoso entre los bambúes, y en el claro había colocado piedras grandes, para uno sentarse en silencio y sentirse en la espesura. Era una persona única, él, un artista a su modo. Y tuve que asesinar ese corredor, y esos bambúes, y esas guaduas, y esa hermosa cocina que le hicimos, y nuestro cuarto y los muebles. Asesinados. Y asesinado él, para que yo pudiera ser yo misma.

Si yo fuera yo tendría mucho sueño después de lo que pasó y querría de todas formas dormirme para siempre.

ALEJA

Se fue Katerina a la cama y Aleja quedó sola. Se *introdujo* en la cama, Katerina. Si Aleja se acostara a las diez, como ella, se dormiría, sí, y a las doce estaría alumbrando como un bombillo. Podría llamar a Humberto, pero él se va a dar cuenta de que le está haciendo falta, y no conviene. Si algo se le presenta y no puede pagarle los treinta millones en los tres meses que acordaron, tendría Aleja que posponer lo de la sucursal de Santa Bárbara. No pensar en eso ahora, no. Julia jamás le habría prestado. Una vez los oyó discutir muy feo por asuntos de plata, y Humberto tenía razón: era tacaña. Desde niña fue amarrada. Tampoco a Aleja quiso prestarle cinco tristes millones de pesos que necesitó de urgencia para lo de un apartamento, y no lo pudo comprar. Que en ese momento no los tenía, dijo. ¡Por supuesto que los tenía! Aleja debe cuidarse, en cambio, para no ir soltando la plata como una boba. Por eso le cayó siempre bien Raúl, por desapegado, generoso. Aleja consigue la plata sin problemas, pero se le va igual de fácil. Invierte rápido, antes de que se vuelva plata de bolsillo, y más bien deja las propiedades en alquiler, consignadas en una agencia de administración de inmuebles. Para los yoguinis el dinero no es malo ni bueno en sí. Es un flujo de energía, como el prana. Tener propiedades buen negocio no es, pero el capital se mantiene y algo deja. No era generosa, Julia, pero era leal, y la acompañó siempre en los momentos difíciles. Las pocas veces que Aleja se enfermaba, allí estaba. Con la enfermedad tan larga del padre de Aleja siempre estuvo pendiente. Buena amiga sí, desde niña, aunque dominante. Hasta los siete años o algo así parecía una actriz infantil de cine o una niñita de la realeza de Mónaco. La mamá la vestía para exhibirla ante las señoras amigas. Habría podido salir en *¡Hola!* El papá la ponía a cantar para las visitas, o en el club, y le brillaban los ojos al señor, mirándola. Julia le dijo una vez que la mamá no la había querido por celos con el papá. Es una mujer de esas a las que les gustan mucho los hombres y odian a todas las mujeres. Y se va a seguir maquillando así tenga un pie en el cementerio, piensa Aleja. Entonces Julia de pronto empezó a usar bluyines y a jugar fútbol o elevar cometas con los hermanos en los parques, o a jugar tenis y golf en el club, con el padre. No quiso ponerse más los vestiditos de niña bonita, y la mamá la detestó aún más, ahora por brincona. Que la gente iba a pensar que era una marimacho, le decía.

El 24 de enero, Humberto debe consignar los primeros intereses.

RAÚL

Deja la cocina reluciente de limpieza, Sonia, y se va a leer al chinchorro hasta la medianoche. Cuando acabe con la biblioteca habrá que salir a comprarle un par de metros cúbicos en alguna librería de usados de Bogotá. Como una esponja: todo queda en su disco duro. Primer cigarrillo del día a las diez de la noche, nada mal. Cinco al día y hace un año Raúl se fumaba diez. A Julia al principio le impresionaba que se sentara al oscuro a fumar. Una vez Raúl le explicó, casi disculpándose, que era para ver con más intensidad la luz de las luciérnagas y también la de los aviones. Noche tras noche tras noche hasta la medianoche. Y está de pie a las cuatro de la mañana, pues es de las personas que necesitan poco sueño. Que sus días y sus noches siguieran una pauta casi idéntica semana por semana, mes por mes era, según Julia, rigidez mental, arterioesclerosis espiritual. Él era un sicorrígido, mientras que ella era un ser libre que se acostaba a veces a las diez, otras a las once, otras a las doce. ¡Qué mundo el suyo!

El día en que se terminaron las obras de la casa se produjo una gran pelea.

Para celebrar, él y Julia habían subido a tomarse algunos rones en el balcón del segundo piso, al atardecer. Estaban muy contentos de que Segundo y su ayudante no fueran a llegar a las siete de la mañana del día siguiente, el ayudante a silbar música de cantina, Segundo a trabajar como loco, hacer mala cara y no hablar. El trabajo es para él una droga. Si no pudiera resolver problemas de construcción, diseñar construcciones, poner ladrillos, pañetar, tendrían que sedarlo y ponerle camisa de fuerza. Son los problemas de los genios. Tiene muy buen ritmo y es ordenado para trabajar. Y nunca para. A las seis de la tarde se va casi sin despedirse y se emborracha con cerveza en la tienda más cercana. A la mañana siguiente, aún tembloroso por la resaca, vuelve a embestir en silencio la faena del día, alegre diría Raúl, aunque no hay manera de saberlo. La resaca desaparece pronto. El ayudante silba sin parar, seguramente para combatir el silencio, y de vez en cuando dice algo a lo que Segundo, concentrado en lo suyo, no contesta.

A Raúl le quedaría difícil reproducir de manera detallada, por absurdas, las peleas que tuvieron él y Julia. El tema de los exmaridos causó la de aquella noche en que celebraban el final de la obra. Raúl no sabe por qué a Julia se le ocurrió contarle de pronto lo que había sido la vida con cada uno de ellos. Él no le había preguntado nada ni quería informarse de su larga vida amorosa. No le interesaba saber lo decente que había sido su primer marido, y tuvo que armarse de paciencia para oírle explicar cómo tanta decencia a veces le había resultado mortalmente aburridora, pero cómo no había sido eso, sino el malhumor de él, lo que había terminado por llevarla a tomar la decisión de terminar el matrimonio. Siguió con el número dos. Un artista. Pintor. Los ojos de Raúl en la oscuridad del balcón se llenaban de lágrimas de tedio, y su corazón, de un poderoso malestar. «¿Para qué me cuenta todo esto?», pensaba. Del segundo marido Julia dijo que le había empezado a producir una especie de frigidez que era casi fastidio físico. Raúl dejó de escucharla. Julia aún no había terminado con el segundo y había dos más. Quedaba Diego, el fotógrafo talentoso y buenmocísimo al que le faltaba un ojo. Faltaba el artista de fama nacional que la había dejado a ella y cuyo abandono le había «dolido hasta el fin del mundo». Raúl no recuerda su nombre. Faltaba mucho, Dios mío.

Terrible pelea. Raúl no recuerda con exactitud lo que le dijo a Julia, aunque lo supone. «Me importa un soberano rábano tu historia sentimental», le diría, pero tal vez dijo soberano culo. Julia salió furiosa de su casa. Después Raúl supo que no se había ido para su finca sino que había estado manejando, sola y a esa hora de la noche, para calmarse, y había acabado por tomar una ruta poco conocida y más larga para Bogotá. Cuando estaba tensa salía a manejar por ahí, sin rumbo. Su padre le había enseñado a conducir siendo aún niña, y era una chofer espectacular. Raúl no es buen conductor y sabe apreciar esos talentos. Muchas veces Julia escapaba a pueblos de Boyacá, que le gustaban mucho, y pasaba la noche en hostales u hoteles o en casas de familia que la hospedaban.

Humberto Fajardo le dijo a la policía que eso precisamente había hecho después de una discusión que tuvieron por teléfono, él en Bogotá y ella en la finca. Cuando manejaba así podía llegar a los Llanos Orientales, fácil, y cierta vez había terminado en un hotel en Cartagena, después de conducir veinticuatro horas seguidas, oyendo música a todo volumen y llorando de vez en cuando. Era una persona apasionada, sin duda. No por nada tuvo tantos maridos. Manuela dijo que su mamá nunca llegó a su apartamento de Bogotá, a donde se suponía que iba a ir antes de encontrarse con Diana en un centro comercial. Diana asegura que nunca llegó a la cita. Y como tardaron demasiado tiempo en encontrar su camioneta, se creía que había desaparecido con ella.

Julia

De no haber sido porque tenía más fuerza bruta que yo, jamás habría podido conmigo. Yo habría terminado por imponerme con arañazos y dentelladas.

Le habría sacado los ojos. Nunca pudo nadie conmigo. Mejor que no encuentren nada nunca, para que mi padre no tenga que verme humillada y toda descoyuntada por alguien que escondía su bestialidad bajo la piel de cordero. Pobre Diana, que no sabía lo que hacía. Pobre Manuela. Y ahora lo único que hay es esta niebla gracias a la cual todo lo entiendo por fin, pero sin ser yo misma y sin poder escribir, sin poder siquiera cantar. Pobres, pobres.

Mi corazón se está desbaratando. Mis mejillas se están destejiendo. Mis ojos se están entregando a otros seres.

RAQUEL

El cilantro lo mandó a la cama como si hubiera recibido un garrotazo, y no le dio tiempo ni de lavarse los dientes. Va a dormir menos de dos horas, se va a levantar dormido a lavárselos y ya no va a buscar la botella de Gordon's. Las diez y media y aquí me quedé sola como el ánima sola, piensa Raquel. La nieve, de noche, cayendo seguido por la ventana, es como el paso del tiempo en algún sitio fuera del tiempo, donde hay movimiento, pero todo sigue igual. Es el paso del tiempo cuando uno está muerto. O borracho, como éste. O en coma. O hecho un vegetal. Raúl nunca está conectado a internet a esta hora, sólo por las mañanas y tampoco demasiado tiempo. Claro que Raquel no puede hablar mucho con él sobre las imágenes que le llegan quién sabe de dónde, pues Raúl les cree poco a esas brujerías, como las llama, y demás intuiciones suyas. Avanza la noche y Raquel empieza a sobresaltarse, a ponerse nerviosa. Pero no es miedo. Es, más bien, como si tuviera la capacidad de ver sitios oscuros que preferiría no mirar y terminara siempre mirando. Es por esta nieve, piensa Raquel, que a veces es tan triste y a veces tan bella.

Raúl ya no reacciona cuando uno le habla de Julia. Trata de ser amable y no dice nada, pero se ve que está hasta las tetillas del tema. Ayer, chateando, Raquel le dijo que ella pensaba que Julia no estaba muerta, y él se iba enojando, y escribió que dónde carajos podría entonces estar. «Si estuviera en alguna parte hecha un vegetal ya la habrían identificado. ¿No crees?», y agregó: «No me jodás ahora, Raquelita, ¿sí? Mejor no hablemos de eso».

A Raquel no le extrañó su enojo. Primero casi lo aniquila el abandono de Julia y después pasó lo que pasó y no faltaron las habladurías y teorías. Raquel entiende que Raúl lo único que quiera ahora sea gozar de su muchacha joven en paz y de su finca, de sus guaduas y demás aficiones, y que le importe ya un bledo la suerte de la otra. Es apenas natural que no quiera seguir cargándola en las espaldas. Pero a Raquel le molestan las malas actitudes, vengan de quien vengan, nunca se ha dejado intimidar por ellas, y tecleó: «Nada de "joder". La posibilidad existe, Raúl, no nos digamos mentiras». Ella sabía de una señora, continuó, a la que habían drogado con escopolamina en Bogotá, se la habían llevado para la Costa, la habían estrangulado y sus familiares la encontraron más de un mes después en una morgue de Barranquilla. Habían reseñado mal el cadáver, con otro nombre, lo habían archivado en una nevera y por puro azar la encontraron. Fácil fácil pudo no haber aparecido nunca, esa señora. A lo cual Raúl contestó que tenía que cortar, que la chateadera esta no estaba buena y que él tenía cosas para hacer. «Vaya, pues, don avestruz, meta su cabecita en su hueco si le da la gana», escribió Raquel.

Mejor dicho, se pelearon.

Sin dejar de mirar la nieve en la ventana, Raquel se sienta en la hamaca encima de las *Hojas de hierba* de Julián, que siempre va dejando todo tirado por ahí. Se acomoda, respira profundo, para que se le quite el mal genio, y se pone el libro en el regazo. ¡Qué delicia son las hamacas! Por lo menos medio metro tiene ya el colchón de nieve en la escalera. *Saliendo de Paumanok, la isla en forma de pez donde nací, bien engendrado y criado por una madre perfecta, después de andar por muchas tierras, amante de populosas aceras...* ¡Tanta luz! Tan distinto de estos socavones donde nos gusta meternos. No Raúl, no, él es del aire libre, y cuando se pone violento, lo es de forma inocente, como un niño. *Nunca hubo más principio que ahora, ni más juventud y vejez que ahora, ni habrá más perfección que ahora, ni más infierno ni cielo que ahora.* Dondequiera que uno lee brota la belleza, como el agua en las montañas de Raúl, pero allá brotan también la muerte y cosas peores que la muerte. «The horror!», decía Kurtz, con la voz de Marlon Brando, como llena de polvo. Tocar el tema en clase. Coppola. Conrad. Es persona contenta, Raquel, y, sin embargo, de eso sabe. De lo horrible sabe, a pesar suyo, y también de lo fatal.

Para eso y para la música tiene oído.

RAÚL

Aunque se recuperaron de la pelea que había causado la insistencia de Julia en hablarle de sus cuatro maridos, todo parecía irse deteriorando con rapidez. Julia escribía el día entero, lo cual preocupaba a Raúl, pues ella sospechaba lo que él pensaba de su poesía, y él sabía que esa avalancha de creatividad los arrastraría al desastre. Además, tenía que disimular para que no se le notara lo tontas que le parecían sus actitudes de escritora, la mirada que se adentraba en las nubes en busca de verdades profundas, el ceño fruncido de poeta apasionada y las fotos de ella misma en las paredes y bibliotecas del apartamento. Terriblemente seria. Atractiva siempre.

Empezó a sentir miedo.

Un día estaba Raúl en el apartamento de Julia en Bogotá y llegaron de pronto tres poetas casi niñas, un poeta joven, barbilampiño y muy gordo, y una poeta casi anciana, de voz ronca, que daba la impresión de haber sido alcohólica hasta hacía muy poco y que fumaba sin parar. Todos sacaron sus cuadernos. La poeta casi anciana extrajo de su bolso una cantimplora con ron, con lo cual supo Raúl que seguía siendo alcohólica, trajeron vasos y de repente él quedó fuera de lugar en aquella sala. La incompatibilidad profunda entre Julia y él nunca fue tan evidente como en ese momento. Los poetas empezaron a leer sus textos y todo se puso todavía peor. Las jóvenes lo miraban como a un intruso. Los poemas eran incomprensibles. Fue a la habitación a meter sus cosas en la mochila y salió del apartamento casi sin despedirse. Se vino para la finca. En algún momento sintió cierto alivio, alivio aprensivo, si puede decirse así, pues al fin la crisis iba a estallar, el malentendido a aclararse, ellos dos a separarse.

Por la noche, casi sin pensarlo, la llamó y le dijo que quería terminar la relación. Ella se mostró sorprendida y no estuvo de acuerdo. No lloró. Dijo que era triste que se separaran antes de que su relación diera todo lo que tenía para dar. Raúl le dijo que le dejara en una maleta en la portería las pocas cosas que tenía en el apartamento, que iba a pasar por ellas. La voz de Julia empezó a sonar metálica, muy tensa. Estaba furiosa. Raúl nunca lo sabrá a ciencia cierta, pero piensa que la abrumaba el hecho de que el rompimiento viniera de su lado. Como sicólogo *amateur* su opinión es que la mamá rompió demasiadas veces con ella cuando era niña y que eso le resultaba insoportable y sencillamente no iba a permitir que ocurriera. Le dijo a Raúl que le devolvería sus cosas cuando estuviera preparada para hacerlo, no antes. «Quédate con ellas, entonces», contestó él. «Es basura al fin de cuentas».

ALEJA

Katerina ronca. Tan joven y tan fina para hablar, y, sin embargo, ronca. El problema está en la conformación de la tráquea. Aleja, nunca. El yoga nos mantiene libres de muchos defectos y aflicciones, y su efecto es inmediato. Media hora de ejercicios y la melancolía que le produjo la soplada de la vela de Julia desapareció como por encanto. Para el tarot es muy importante la hora en que nace la persona. Cuando Julia y Aleja trataron de averiguar la hora en que Julia había nacido, fue el padre quien les pasó el dato, no la madre. La señora dijo que las cosas nefastas era preferible olvidarlas, y, fingiendo corregirse, agregó que se refería al dolor del parto, claro, no al hecho de que Julia hubiera venido a este mundo, cosa que a todos nos había alegrado, ¿o no? Vieja malvada. Y se reía. A Aleja le habría gustado que los ladrones de las tarjetas se hubieran esforzado un poco más y la hubieran dejado lisiada o algo. Tuerta, por ejemplo, para que se tuviera que maquillar alrededor del parche. Respirar profundo hasta que salga del cuerpo todo el rencor, todo el odio. Los yoguinis tienen todas las pasiones humanas, sólo que saben dominarlas con técnicas. ¡Mamarracho!

Aleja piensa que un té verde la equilibra. Qué llovedera. ¡Oigan a Katerín! Suena como las motobombas de la finca del papá de Aleja en Mariquita, cuando regaban los cultivos de sorgo. ¡Tanto que disfrutaba de sus fincas, su papá, para venir a templar a la casa por cárcel por una calumnia! Un año de casa por cárcel y ya el corazón se le había dañado, por la congoja, y estaba listo para morirse. Lo dejaron de chivo expiatorio los muchos enemigos que hizo cuando se metió en política. Lo mismo quieren hacer con Humberto, sólo que él no se deja, porque bobo no es. Seis meses arrastrando el carrito de oxígeno, el papá de Aleja, y arrastrando la tristeza, que no le daba tregua. Julia se portó como una princesa con él, ella, que no era precisamente la más generosa. Pero sufría de asma y entendía.

Unas veces Aleja le dice Katerina, y otras, Katerín, y ya ni sabe cómo se llama. La muchacha se lo ha dicho como cuarenta veces y Aleja siente vergüenza de volver a preguntarle. El té verde es rico en antioxidantes. Oxidados van a quedar con esta humedad del aire, piensa Aleja, si no deja de llover. Ha sido el invierno más fuerte en décadas, dice el Ideam. Las fotos del periódico parten el corazón, por tanta gente desplazada, ahogada, por tantas vacas infladas. La compasión es el rasgo más notable del ser humano iluminado, el desapego es el segundo. No quiere decir eso que uno se desapegue a la loca de los asuntos de este mundo de convenciones. Hay que respetar las convenciones, pero saber lo que son. Respetar nuestros compromisos. Si uno se compromete a algo en materia monetaria, cumplirlo.

Los intereses.

Una vez le prestó a Humberto cuarenta mil pesos, y hasta el día de hoy. Pero estamos hablando ahora de treinta millones. Con eso no se juega.

RAÚL

No eran basura las pertenencias de Raúl. Julia tenía su cámara de fotografía, que no era mala. Toda su ropa «elegante», la que se ponía para dar las conferencias sobre el acero vegetal, estaba allá, y había algunas prendas —una chaqueta de cuero, por ejemplo— por las cuales Raúl sentía cariño. También libros, como los dos tomos sobre aves de Colombia y las obras completas de un poeta italiano, que le regaló Raquel y le gustaba, a pesar de que los poemas eran casi ininteligibles. En esto, como en todo hay dos clases de poeta, opina Raúl como crítico *amateur*: aquel que no dice casi nada aunque parece que dijera mucho; y aquel del que uno sabe que dice mucho, pero no quiere que uno entienda, vaya usted a saber por qué. Es decir, el italiano ese. Comunicarse con Raquel y exponerle su teoría.

La cámara, la chaqueta de cuero, las obras completas del poeta, muy bien empastadas, y nada de esto se perdió, no esta vez, pues menos de dos semanas después, agotado por el infierno de la separación, que era como un ensayo del infierno aún peor que lo esperaría cuando fuera ella quien lo dejara, la llamó para rogarle que volvieran juntos. Julia estaba en su finca. No le dijo que se vieran allá ni que ella vendría a la finca de él, sino que decidió que la reconciliación sería en lo que llamó «terreno neutral», esto es, un hotel campestre de Villeta, a tres horas de allí, y además decidió que no se fueran juntos, sino que se encontraran allá. Reconciliación tórrida, de un erotismo casi violento, de cliché, salvaje, de película.

El restaurante del hotel era de comida casera de primer orden. «Comimos y tiramos como locos», palabras de ella. Después escribió un poema en el que se asentaba el hecho en lenguaje erótico-filosófico. Se lo publicaron.

Subió la neblina al corredor.

A mediados de noviembre, Sonia se consiguió un pino perfecto, lo puso en el corredor, compró los adornos, lo decoró, y ahora, justo cuando Raúl se estaba acostumbrando y empezaba a disfrutar de las esferas y de las luces, se puso a desmontarlo. Él le dijo que los pinos se dejaban hasta el Día de Reyes. Ella sonrió y Raúl supuso que se había sorprendido de que supiera de la existencia del Día de Reyes, pues él vive en la luna en cuanto a esas cosas. Sonia colgó otra vez las esferas que había quitado y volvió a enchufarlo.

—El Día de Reyes fue el 6 —dijo.

Alumbra bonito en la esquina del corredor, en especial cuando hay niebla, como ahora.

JULIA

Mi poesía era diferente del resto de la poesía de mujeres, o de la poesía erótica, haya sido ésta de hombres o de mujeres, en que yo no perdía la cabeza al escribirla, arrastrada por la sensualidad, y así jamás descuidaba la profundidad. Si alguien no entendía los conceptos y las intuiciones que plasmaba en el poema, tanto peor para ese alguien. La profundidad no es para todo el mundo. Lo que se encuentra en la profundidad ¿es qué? Lodo.

Y ese lodo es de tal naturaleza que no se lo puede distinguir de todo lo demás, que así se convierte también en lodo. Viscoso, asfixiante. Como una hamaca. ¡Menos mal que ya no puedo yo sentirlo!

A Raúl en Villeta yo lo estaba enloqueciendo de amor. Me publicaron el poema en una revista de poesía de Medellín, con distribución en todo el país. Cuando lo leía en los recitales y festivales, la gente me aplaudía largo. Claro que aquello tenía que ver también con lo atractiva que siempre fui, así no me sintiera hermosa. El talento y la atracción física no tienen por qué estar reñidos, al contrario. Eso extraño, los aplausos, el calor de las lecturas en vivo. Con el erotismo, como con la muerte, uno puede tocar el más allá. No es lo mismo leer un poema en silencio que recitarlo en voz alta. Estar muerto no es lo mismo. En el fondo, sólo hay silencio.

A mi padre le dijeron que yo estaba en Antigua, viviendo con otro nombre, y mi pobre padre tomó un avión y fue a buscarme. ¿Y cómo iba a encontrarme si no me he movido ni un centímetro del lugar en el que ni siquiera estoy? ¡Cómo será que ni siquiera logro ver la niebla!

Fue hermoso nuestro reencuentro. Yo me la pasé en la piscina. Feliz. ¡Qué bello es el pasado! ¡Qué bueno sería si ahora lograra recordarlo! Hacíamos el amor, jugábamos *ping-pong*, nadábamos, comíamos, volvíamos a hacer el amor. Algo me decía que aquello tampoco iba a durar. Raúl fingió incluso interesarse por mis proyectos de escritura y por mi grupo de poetas del miércoles por la noche. Humberto me supo apreciar más que Raúl, claro que el mal humor hacía que se volviera rudo, y la codicia, cuando él no lograba las ganancias que buscaba, hacía que el mal humor se le volviera horrendo.

RAQUEL

No sabemos nada de este mundo, piensa Raquel. Whitman también lo dice. *Un niño me preguntó: ¿Qué es la hierba?, trayéndola a manos llenas. ¿Cómo podría contestarle? Yo tampoco lo sé.* Hay la hierba que se nombra y hay la que no se puede nombrar, aunque sí traerse a manos llenas. Pero, acto seguido, Whitman empieza a hablar de lo que tal vez sea la hierba, y entonces, en la modesta opinión de Raquel, la caga. Que el «pañuelo de Dios». Que «una prenda fragante». Que «la cabellera suelta y hermosa de las tumbas». Maricón al fin de cuentas. ¡Si él mismo acababa de decir que tampoco lo sabía! Tenía que haberlo dejado ahí, sostenerse en lo dicho, no seguir carajeando con las palabras. Así es la poesía. Un destello deslumbrador y acto seguido el blablablá. Y no es que sea ni tan bueno este Borges traduciendo. Le suena rígido a Raquel, como su poesía, si se lo mira bien. Media hora y el placer de las hamacas va convirtiéndose en incomodidad, y la incomodidad en dolor. Ni Neruda se salva del blablablá. Un muerto descomponiéndose en una hamaca de lodo. Raquel piensa que debería volver a dibujar, para darles salida a estas imágenes que le llegan quién sabe de dónde. Levantarse de este fango de hamaca. A la gente le gustaba lo que Raquel pintaba. También sus esculturas de trapo. Sus muñecos. Los sigue haciendo, pero en la mente, y no es lo mismo. Se dedica demasiado a sus alumnos. Si no hace los muñecos o los dibujos, es decir, los físicos, no los mentales, las imágenes la abruman todavía. Se defendía mejor cuando agarraba algodón, trapo y aguja, o carboncillos.

Desde niña le tiene desconfianza a la medianoche. Cuando va llegando, como ahora, ansiedad. Cada vez que la cruza, alivio. Es por las historias que les contaban las muchachas del servicio cuando eran pequeños, en Medellín. A esa hora, de los cementerios salían las ánimas del purgatorio a recorrer las calles en filas ordenadas y luminiscentes. Una imagen conserva Raquel muy vívida: la de una señora que se quedó cosiendo en la Singer hasta la medianoche y algo horrible le ocurrió, por imprudente, cuando pasaron las ánimas. No recuerda qué. Preguntarle a Raúl. No. A Alberto, mejor, que se acuerda hasta de lo que no pasó. ¡Más mentiroso!

Salir a la terraza a mirar las luces de los puentes y las de los barquitos en el Hudson. Debe haber un colchón de nieve también en la terraza. No importa que le caiga nieve encima, piensa Raquel. Ponerse abrigo, gorro y botas y esperar allá las doce, admirando el río que admiró Walt Whitman.

Raúl

Volvieron de Villeta al apartamento de Julia, no a la finca. Hablaron. Raúl se comprometió a participar más en su mundo, pues tal era la mayor queja que ella ahora tenía: él no participaba en su mundo. Y «su mundo» no eran sus hijas, Raúl las estimaba bastante, ni el padre, todo un caballero, ni los hermanos, muy decentes también, sino las poetas casi niñas, la poeta alcohólica casi anciana y el poeta joven y gordo y los demás poetas ocasionales, casi siempre demasiado jóvenes, que la admiraban tanto y que a él le caían mal. Bueno, y la poesía de ella.

Raúl piensa que deberían dejar el árbol de Navidad con sus luces todo el año. Metido en la neblina produce una mezcla de tristeza y contentura parecida a la que le causa el aguardiente. O le causaba, pues siempre al fin vencía la tristeza y no volvió a beber. Raúl le dio una sorpresa a Sonia el 7 de diciembre, cuando llenó todo de faroles de papel. El corredor, los dos nogales del frente, el bosque de bambúes. Como un sueño. Se deshicieron todos esa misma noche, cuando cayó un aguacero de los grandes. A esta hora a Raúl le va dando hambre otra vez, y aunque quedó pollo y arroz, decide no comer más, pues ya está demasiado bien nutrido. Juan Felipe le dijo que no se preocupara, que todavía no alcanzaba a clasificar como obeso, y esa misma noche, aterrorizado, Raúl cenó galletas de soda con té verde. ¡Obeso! Obeso el poeta joven ese. ¿Y de qué podían posiblemente hablar Raúl y el poeta, el par de gordanas, o de qué podía hablar él con esas adolescentes engreídas? Una suerte tener a Juan Felipe. Médico independiente y monje zen más independiente todavía. De otra forma le tocaría visitar a los médicos del Seguro cada vez que lo agarre el dolor de espalda o luchar para que esos mismos médicos le receten alguna droga fuerte contra sus insomnios. Da por rachas, el insomnio. Duerme un poco mejor desde que está con Sonia, y sabe que cuando ella se vaya va a dejar de dormir del todo. Hace dos meses Juan Felipe, cansado de los métodos del maestro Drácula, que él consideraba medievales, lo acusó de farsante e inepto, y se marchó del monasterio y de la región. Ahora si a Raúl le llega una racha de las largas debe consultarlo por teléfono y esperar que le mande por correo la receta del Valium o lo que sea.

Allá debe estar Sonia en el chinchorro, dándole machete a Thomas Mann. Muy pronto va a marcharse, Raúl lo sabe. El mundo es ancho y él tiene cincuenta y cuatro años y es silencioso y solitario y está obsesionado con su trabajo y no es muy buena compañía, como se lo hizo saber Julia de tantas formas. Esta vez no siente angustia y pánico sordos, como cuando supo que Julia lo dejaría, sino un miedo de carácter más filosófico. Ser o no ser. Los seres humanos son de tribu: solos no existen, se mueren. De nada de lo que Raúl ha hecho o pensado en la vida se arrepiente, por duro que haya sido, pero cuando uno está solo tiende a enredarse la cabeza y empieza a aparecer la inquietud, la culpa. A eso le teme. Menos mal que tiene su trabajo. Y siempre tendrá la compañía de los albañiles.

Mañana, madrugar a lo del salero y empezar a diseñar uno de esos espantavenados japoneses, para instalar en el estanque. Pozos, los llaman por esos lados, a los estanques, por más nenúfares que tengan. El espantavenados es para su disfrute personal, pues comerciales no son. *Onisho* o algo así se llama en japonés. Preguntarle a Sonia, que tiene memoria de grabadora Philips. Es bello el sonido regular que produce el bambú contra la piedra. El agua mueve la guadua y la guadua golpea la piedra. ¡Clac!, pausa, y otra vez ¡clac! Se necesita un sonido que acompañe desde el estanque a este inminente solterón solitario. En internet encontró varios modelos, algunos demasiado aparatosos. Sería bueno instalar otro en la quebrada.

Hiciera lo que hiciera, Julia lo iba a abandonar. Raquel dice que se lo comió cuando quiso y lo escupió como una semilla de sandía cuando le dio la gana. «Me estás haciendo sentir como un imbécil», protestó Raúl. No le podía decir que de todas formas él había logrado su venganza. «Imbécil y medio», dijo Raquel. «Y eso que estoy diplomática». Quién sabe. Raquel la detestaba tanto que tal vez la calumniaba a pesar suyo, pues vean ahora lo impresionada que anda con todo. Muy raro. Sólo falta que Julia se le aparezca en sueños y le diga dónde está. ¡No lo quiera Dios! El lengüetazo helado del miedo te recorre la espina dorsal y llega hasta el cerebro. Con Raquel todo es posible. Cuando supo que Raúl había flaqueado y llamado a Julia para pedirle que volvieran, le anunció que ahora sí se había metido en camisa de once varas.

—Téngase fino, Raúl, para lo que le espera.

Aleja

Las motobombas de la finca del padre de Aleja se le quedan pequeñas a Katerina. Sus ronquidos resuenan por todo el apartamento.

—Hola, Katerina, despiértese, hija, que se va a asfixiar. Voltéese y verá que se le quita.

—¡Ay, qué vergüenza, señora Aleja!

Había comenzado a roncar con moderación, pero fue agarrando cada vez más fuercita hasta terminar en un terremoto. Contarle a Humberto. Se va a reír. Dientes tan parejos que tiene Humberto, tan blancos. Un encanto de sonrisa. Mantiene cepillo de dientes y seda dental en el bolsillo y se los lava cada vez que fuma o come algo. Cuando se aplica seda dental lo hace con tanto cuidado que parece tallándoselos. Sacándoles filo, decía Raúl, que nunca le tuvo simpatía. Todos esos intereses que insistió en pagarle. Mejor habría sido un interés normal, tal vez. Con Raúl dejó Aleja de tener contacto desde que se separó de Julia. No tenían nada en común, aunque se simpatizaron siempre. Aleja le enseñó algunos asanas, que él hacía muy bien a pesar del sobrepeso. Era más flexible de lo que uno podría imaginarse. Buenmozo a su manera. Las reuniones de los cuatro en la finca de Julia o en su apartamento eran organizadas por ella, para tener vida social no relacionada con sus poetas, decía, e incluirnos así a nosotros, sus mejores amigos. Raúl no tiene destrezas sociales para nada. Las reuniones empezaban tensas, pero se iban relajando con el vino y todos terminaban por pasarla bien y reírse mucho. Raúl cuando está con sus vinos puede ser gracioso, y Humberto ni se diga, con ese humor tan fino que se gasta siempre. Si uno los veía juntos podía hasta pensar que eran amigos.

Cuando Aleja supo que Julia y Raúl se habían reconciliado se alegró, pero no se hizo ilusiones. Ella la conocía bien y podía verle el hastío en los ojos, así otra vez hubiera vuelto a la costumbre de sentársele encima. Julia después le diría que Raúl no había logrado entrar a su mundo y por eso al final lo había dejado, pero eso Aleja no lo cree. Simplemente se moría del aburrimiento. La opinión de Aleja es que Julia disfrutaba de la primera parte de la relación, por decirlo así, la parte más emocionante, y entonces se cansaba y echaba a sus parejas. Siempre encontraba razones para dejar de querer. No cree Aleja tampoco que Raúl haya tenido nada que ver con lo que sea que ahora le haya pasado a Julia, pues él parece iracundo a veces, pero en realidad es muy pacífico. Algo así como los elefantes, que hay que tratarlos suavecito o podrían enfurecerse y hasta matar. Tiene que cuidarse mucho, Raúl, porque uno pasa muy fácil de la gordura a la obesidad. A todos los que conocieron a Julia los han interrogado.

Raquel

¿Subo ya a la terraza?, piensa. Primero me tomo un té. Como no todo es luz y no siempre hay paz en ciertos sitios que parecen llamarla, a Raquel le cuesta a veces decidirse a ir y, cuando al fin lo hace, resultan tan asombrosos como suponía, y a veces más. Té de jazmín. La vez que fue a caminar en plena nevada a mediodía por la playa de Coney Island corría un viento fuerte, des-ordenado, helado, que revolcaba la espuma de las olas. ¡Y qué matices de la luz los de aquel día! La playa esa es siempre mágica, pero hay que aguantarse la hora y media de *subway* desde Inwood. Cuando Raúl estuvo tan mal por lo de Julia, era para allá que se iba, y eso en pleno verano de aquel año, que fue como sopa de mondongo. Raquel hasta llegó a pensar que Raúl iba a terminar por quedarse a vivir con los *bums* bajo el entablado, o en alguno de los lotes vacíos, más bien, pues debajo de los entablados ya no los dejan estar. ¡Si no dejan quemar triquitraques con el dragón, mucho menos van a dejar a esos vagos cagar allá debajo! «Háganse a la idea. Esta, señores, es una ciudad para ricos», dicen los alcaldes. Pero a Nueva York ni Giuliani la pudo dañar. ¡Si el 11 de septiembre no pudo con la ciudad, mucho menos van a poder con ella sus alcaldes!

Por impaciente le quedó flojo el té. *When I makes tea I makes tea, as old mother Grogan said. And when I makes water I makes water,* dice Mulligan, el de Joyce. Volver a poner el té en la estufa y, ahora sí, dejarlo quie-to. Casi imposible enseñarles el *Ulises* a muchachos del *ghetto*, así sea en una escuela alternativa como la de ella. Tal vez cuando lleguen al *college*. De vez en cuando lo-gra que se rían un poco, pero le toca escoger con mucho cuidado los pasajes, asegurarse de que les llegue el chiste o la gracia. A Raúl, que no es el lector más refinado, le gustaron los párrafos que le dio a leer. El final de *Los muertos* es de enorme belleza. Gran poeta, pero más en su prosa, piensa Raquel. *Caía nieve en cada zona de la oscura planicie central y en las colinas calvas, caía suave sobre el mégano de Allen y, más al oeste, suave caía sobre las sombrías, sediciosas aguas de Shannon. Caía, así, en todo el desolado cementerio de la loma donde yacía Michael Furey, muerto. Reposaba, espesa, al azar, sobre una cruz corva y sobre una losa, sobre las lanzas de la cancela y sobre las espinas yermas. El alma de Gabriel caía lenta en la duermevela al oír caer la nieve leve sobre el universo y caer leve la nieve, como el descenso de su último ocaso, sobre todos los vivos y sobre los muertos.* Y el sentido del humor. Una de las pocas veces que habló Raquel con Julia le comentó que Joyce había titulado un libro de poemas *Música de cámara* o *Chambermusic* y que cuando le pidieron que explicara el título, dijo que se le había ocurrido la vez que oyó orinar a una mucama en una bacinilla o *chamberpot*. Julia se puso muy seria y en ese momento Raquel se dio cuenta de que se lo había mencionado con la intención de criticarle la gravedad con que se tomaba la poesía en general y la suya propia en particular. Lo había hecho de forma inconsciente, claro, aunque nada inocente, y Julia captó al vuelo lo que entre líneas le estaba diciendo: «Si Joyce, semejante genio, podía burlarse de su propia poesía, ¿dónde queda todo ese trascendentalismo tuyo, vieja maricona?». Raúl dice que le tenía miedo a Raquel. Si era así, lo disimulaba bien. Tampoco habría sido la primera en tenerle miedo, en todo caso, pues cuando Raquel golpea, golpea duro. Y buenas razones sí iba a tener Julia para sentir miedo, después de ver ella el estado lamentable en que les dejó a Raúl.

JULIA

Si me dieran la oportunidad de ver algo otra vez, elegiría los juncos en la niebla. Si se me fuera a conceder algo, eso pediría. Una vez escribí un poema. Era cuando aún podía contemplar niebla y juncos y risco y helechos arbóreos en el risco y algas. *Juncos y neblina*, se llamaba el poema. Les gustó mucho a mis amigos del blog y salió en *Estravagario*, la revista, pero ya para entonces no tendría ojos yo para verlo. La directora, Mercedes, me elogiaría en un editorial, pero ya no tendría yo cómo saberlo. Cuando Raúl y yo tuvimos la pelea fuerte, él me dijo que el amor mío por estas montañas era una pose, una disculpa para escribir «esa poesía que usted escribe», me dijo. Estaba furioso y gritaba. «Mejor no escribir nada que escribir eso». Nunca me dejé de nadie. Si me gritaban, yo gritaba. Si me pegaban, yo pegaba. Mi amor por las montañas era auténtico.

Todos me miran y se van, y es porque ya no estoy aquí. Es como si no me quisieran ver y además no pudieran. Es como estar en un acuario sin luz y en presencia de todos. Como estar mirando todo en algún tiempo en que mis padres aún no habían nacido. ¡Qué tristeza! ¡Qué soledad la que produce! ¡Qué paz es esto aquí! Una delicia.

Aleja

¡Apnea!, piensa Aleja. Eso es lo que tiene esa pobre criatura. Apnea del sueño. La motobomba del ronquido suena duro, cada vez más duro, hasta que llega un punto en que se atasca y la bella durmiente del bosque encantado de las hadas se despierta. Tose o se pone de lado y, como es joven, se duerme de inmediato y al rato se voltea boca arriba y vuelve a sonar la motobomba inspiración espiración duro durísimo durisísimo, atasco, pum, se despierta, tose, se voltea, se duerme. Hay ejercicios de yoga para eso, pero Aleja no se los sabe. Google. ¡Claro que enseñarle yoga a la muchacha del servicio! Es demasiado fina cuando habla, nunca *oye*, siempre *escucha*. Es una niña. Veinte años. Ayer le contó a Aleja que tocaba mandolina con un grupito de música colombiana. Estudió dos años en la academia del Mono Núñez y se tuvo que salir por falta de ingresos. De milagro no dijo que había quedado temporalmente «ilíquida». El desperdicio humano en este país. A Aleja le parece detestable la llamada música colombiana, el bambuco y eso, claro que eso va en cuestión de gustos. Debería estar estudiando, así sea mandolina, y no perdiendo el tiempo en esa cocina y lidiando con la basura y el indigente. Otro pedazo de la torta de Julia no me va a engordar, piensa Aleja. Tuvo suerte Katerina de que le haya tocado con ella y no con alguna señorona que la iba a maltratar lo que no está escrito. Podría Aleja más bien adiestrarla con yoga para que trabaje en uno de los centros de la cadena que tiene pensada Humberto.

Es una idea. Manejar volumen es superrentable. Boba no es, Katerina, vean cómo manejó al indigente. Quitarle finura de lenguaje va a ser lo difícil. Pronuncia la be y la ve.

Y oigan lo bien que pronuncia cuando duerme.

Aleja hizo la torta de Julia el domingo, cuando Katerín no estaba, con sus propias manos y con harina orgánica, y recitó el *Sutra del corazón* mientras la preparaba. Se sintonizó con la imagen de Julia, con su espíritu. Puso su foto en la cocina, mientras amasaba y recitaba, y de pronto cayeron algunos granos de granizo en la claraboya. No dice Aleja que ella... Uno nunca sabe. Azúcar orgánica, huevos de gallinas sueltas que comen bichos. Por supuesto que Julia ya debe saber que Humberto no ve la hora de quitarle los calzones. ¡Pero a Julia ya qué! Además, él no tiene estampa de viudo, ni vocación. ¡Más entrador! Si Aleja se hubiera dejado ese día, la habría clavado en la sala contra la pared, como una mariposa. El yoga nos mantiene flexibles, ágiles. Aleja le llevará a Humberto diez años, si acaso.

RAÚL

Poner un espantavenados en el estanque y otro en medio del guadual, aprovechando el desnivel del arroyito. Van a sonar a destiempo y como respondiéndose, y le van a dar mucha vida a todo esto.

—¡Clac! —pausa—. ¡Clac! —dice el uno en medio de la lluvia.

—¡Clac! —pausa—. ¡Clac! —contesta el otro.

Los dos detectives miraban todos estos árboles y matas como sin entender cuál era la idea. La vegetación no los dejaba concentrarse en lo que venían a preguntar. Dijeron que así como vivía Raúl era como valía la pena vivir en la vida, pero Raúl sabía muy bien que después de sólo dos días allí los detectives estarían desesperados por volver a impregnarse de humo en esos barrios sin árboles de Bogotá donde seguramente vivían. Uno preguntó que dónde quedaba la tienda. «Lejos», dijo Raúl con énfasis. «¿Y siempre llueve así?», quiso saber el detective. «Muchas veces». Esto a la gente de ciudad le produce una melancolía enorme. ¡Si a Raúl se la produce a veces! Sonia les llevó café y le preguntaron a Raúl que si era su hija, aunque sabían bien que no lo era. Al fin y al cabo policías. Le preguntaron por Humberto Fajardo. Raúl les dijo que, hasta donde él sabía, Humberto no estaba en la finca. Casi no había vuelto desde que faltó Julia, les dijo. Si la tierra de Raúl los desconcertó, ¡cómo se sentirían después en la de Julia, con ese risco y esa laguna que han escondido y esconderán por siempre tanta fatalidad y tanta asfixia! Los policías preguntaban por cumplir, sin convicción, convencidos de que jamás iban a desentrañar nada ni se esperaba que lo hicieran. El salario y los sobornos eran lo suyo y ya habían recibido lo uno y lo otro. Policías de tercer mundo, al fin y al cabo, con muchos hijos y poca plata para zapatos y útiles escolares.

Estaban enterados de ciertas cosas, eso había que abonárselo. Sabían de sus peleas, por ejemplo, que se hicieron más frecuentes e intensas luego de la luna de miel de Villeta, pero las mencionaron como sin ganas: eran apenas un detalle negativo más que conduciría al posible soborno. Cuando los policías paran a la gente en la carretera mencionan todo lo que está mal o sea de alguna manera desfavorable para el conductor: una luz direccional dañada, parabrisas sucio, en fin, van construyendo el caso, casi inconscientemente, para llegar a la mordida. Y la gente les da la mordida porque es lo más fácil, piensa Raúl, y de esa forma campea el caos en el territorio patrio.

Fueron muy duras aquellas peleas entre Julia y Raúl, eso era cierto. Él trataba de contenerse, para que la vida no se les hiciera imposible, pero su mente se volvió entonces un monólogo constante en el que el sarcasmo era el tono dominante, como una bruma malsana, una marisma. Estaba muy enamorado de una persona por la que sentía poco respeto. Su comentario silencioso permanente ante tantas cucarachas mentales que según él aquejaban a Julia era «Vieja pendeja». Julia insistía en llamar «delfines», como metáfora poética, a las tilapias de la laguna, y cuando volvía a decirlo casi se salía Raúl de quicio. «¡Vieja pendeja!». Y se había empeñado en decir que ella era persona libre porque unos días se levantaba a unas horas y otros a otras, mientras él, que toda la vida ha querido jugar con el tiempo, como una especie de relojero —o de reloj, más bien—, trataba de que el primer café se lo estuviera tomando a las cuatro y media de la mañana en punto, de que a las cinco clavadas estuviera revisando el trabajo terminado el día anterior, de que a las seis en punto viniera

el segundo café y a las seis y media iniciara un recorrido por los cafetales, mirando los árboles y decidiendo
mentalmente cuál sería el programa de trabajo de ese
día, programa que seguiría las mismas pautas de ritmo
con las que le gustaba hacer sus cosas. Día tras día tras
día. Tonterías de Raúl lo del café y todo lo demás, es
cierto, no dice él que no, pero que no significan nada,
son sólo juego y a nadie hacen daño ni quieren decir
que uno esté arterioesclerótico.

    ¡Tanto malestar que se le iba acumulando!

RAQUEL

    —¿Sí ve? —dijo Raquel cuando Raúl le contó
cómo estaban las cosas—. ¿Qué le advertí yo? Se puso
a pedir clemencia como un marica en vez de haberse
mantenido firme. Ahora no llorés como mujer lo que
no supiste defender como hombre.

    Él se rio y contestó que la cita, aunque buena, no
cuadraba del todo con su caso, pero qué se le iba a hacer.
Desde ese día Raquel dejó de averiguar cómo seguían
las cosas entre ellos, porque lo sabía, claro, y sobre todo
porque no quería que la abrumaran con detalles. Los
detalles, como pasa siempre, llegarían de todas formas,
a trocitos, por Alberto, que es tan chismoso, y por los
demás, sin necesidad de pedirlos…

    Una belleza toda esta nieve. Triste sí.

JULIA

Que él no era crítico literario, pero que de todas formas iba a opinar sinceramente sobre el poemario, me dijo. Pensaba que algunos de los poemas de *Flor de iris* eran sólo palabras escritas de forma vertical, y entonces, para que yo no me sintiera tan mal y por típica condescendencia masculina, me dijo que en otros sí alcanzaba a sentir la música, y que siguiera por ahí. ¡Hasta consejo me dio! Y repitió varias veces que él no era crítico literario, como si eso hiciera la herida menos honda.

¿Cómo esperaba entonces que yo reaccionara?

Cuando tuve esa respuesta tan dura e indiferente de parte de él, algo en mí se rompió. Desde ese día, Raúl me empezó a asfixiar con su presencia. Yo trataba de actuar con tolerancia, pero cada día debía hacer mayores esfuerzos y quedaba agotada. Me alegraba cuando se iba, me ponía irritable sólo de saber que volvería. El mío había sido un bello conjunto de poemas y estaba yo legítimamente alegre y orgullosa, pues el esfuerzo me había tomado un año entero. ¡Y venir él con semejante balde de agua helada! Se lo dije: «Me partiste en dos», pero él siguió como si no hubiera dicho o hecho nada. Y como nuestra vida continuaba con las mismas rutinas agobiantes que me estaban quitando el aire, Raúl se hizo la ilusión de que la relación seguía sólida. Su modo de ser rutinario me afectaba la creatividad. Era como si las arterias se me estuvieran calcificando.

Los helicópteros dan la impresión de pasar entre la lluvia, pero no se ven ni se oyen. Aquello que puede verse y oírse es siempre producto de la imaginación.

No importa. A estas alturas se puede decir que están buscando a otra.

RAÚL

Cavar un poco en el arroyo, para hacer más pronunciado el desnivel y que la guadua del espantavenados golpee con más fuerza la piedra. Si no estuviera lloviendo tanto, Raúl tomaría una linterna e iría a mirar el lugar donde pensaba instalarlo. Espantafantasmas, será, pues los venados desaparecieron de esos lados hace siglos. ¡Clac! pausa. ¡Clac!, para ahuyentar el espectro de Julia, que no lo deja en paz, para quitárselo por fin de las espaldas.

La sección de guadua debe tener un metro como mínimo y en uno de los extremos se hace un corte en sesgo, para que reciba mejor el agua. La clave es que la guadua se llene lo suficiente para bascular por el peso. Mejor usar una piedra redondeada, para que el otro extremo de la guadua cause mayor resonancia al caer. *Shishiodoshi*, dice Sonia que se llaman en japonés. «Buena memoria sí tengo», dice.

No cree Raúl que Sonia vaya a irse del todo, tampoco, espera que no; ya la verá bajarse del taxi, toda despampanante en el uniforme de la aerolínea, al frente de la casa. Los taxis del pueblo, por andar en estas carreteras tan dañadas, son desastres ambulantes. «No se siente de ese lado, doña Sonia, que con este aguacero la gotera le va a caer en la cabeza», va a decirle el taxista. Sonia se crio en el campo y le gusta todo eso de los taxis precarios con taxistas locuaces, y en uniforme su belleza va a contrastar mucho con esas chatarras amarillas. Tiene manos hermosas. La primera vez que Raúl la vio despresar una gallina criolla de esas que venden por acá, enorme como un avestruz, quedó asombrado de que semejante belleza de manos tuvieran tanta destreza y fuerza para el descuartizamiento. «De adolescente, en la finca me tocaba cocinar para los trabajadores», le dijo. «Yo soy capaz de alimentarle diez o quince peones, fácil». Los muslos de esas gallinas casi ni caben en el plato. Hay que sacarlos y ponerlos en plato aparte, para poder tomarse el caldo.

ALEJA

Aleja le llevó dos pelotas de tenis a Katerina para que se las pusiera en la espalda con una faja. Vio en Google que de esa forma se impide que la persona se voltee dormida boca arriba y arranque con la motobomba. Aleja estaba apretándole la faja a la muchacha cuando sonó su celular en la sala. Humberto le dejó mensajito, lo más bello. ¿Qué irán a hacer, Dios mío? Más tarde llama otra vez, seguro, insistente, insistente, con ganas de comérsela como a durazno en almíbar. Caperucita. De apretujarla toda contra una pared, como lo intentó aquel día, cuando ya le había desenganchado el brasier y casi le quitaba lo de abajo. La salvó la media pantalón, que es tan difícil de manejar. Inspiración. Ahhhhh. Espiración. ¡Qué tal la quinceañera! Serenidad. Mantener siempre el control, saberse frenar cuando conviene. Un té le ayuda. Otra vez respirar hondo. Tocará ponerse bluyines cuando esté con él, las faldas son un peligro, y peor todavía la faldita que tenía. Aleja es de las pocas que a su edad pueden darse el lujo de usar minifalda. El yoga y la danza le han mantenido el cuerpo 1A plus, y las trigueñas no se arrugan. Julia era atractivísima, pero estaba muy ajada, por el asma tal vez. Katerín duerme con una piyama de lanilla con figuritas de Mickey Mouse, como para niña. Es una bebé. Estaba medio dormida y no entendía qué era lo que Aleja le estaba pidiendo que hiciera con las pelotas de tenis. Quedó como si tuviera otro juego de senos en la espalda, pero ahí está sin roncar. ¿Sin dormir, será? Aleja espera que no.

Teléfono.

La hizo saltar, y eso que estaba esperando que sonara. Es él, claro. ¿Contesta? ¿No contesta? No contesta. Lo que Aleja supuso: iba a llamar. Casi a medianoche. ¿Qué hacer? Lo más seguro es que pague los intereses y que a ella le dé guerra recobrar el capital. ¡Claro que de aquí a eso! ¡Y al paso que van él y ella! Los yoguinis mantienen cierto desapego hacia el dinero que, paradójicamente, les sirve para dominarlo y hasta conseguirlo, pero sin codicia. La idea de la cadena de institutos, por ejemplo, apareció cuando tenía que aparecer y ya va madurando sola. Cada cual aporta lo suyo y el mérito al fin de cuentas nunca es de nadie. ¡Ni que Humberto hubiera inventado la noción de volumen de ventas! Preferiría Aleja mantener la amistad y las relaciones personales con él sin meterles asuntos de plata y negocios. Quiere conservar a Diana, además, y ellos dos son como el agua y el aceite. Es mejor así. Ya está hecho lo de los treinta millones. Parar ahí. Esa plata no se pierde, pero sí se podría complicar un rato. Claro que si Aleja hace todo bien, a la larga sale ganando. Moviéndose con maña, claro, pues, si se descuida, con esos ojos color de miel y su cancha para los negocios, Humberto le da tres vueltas y queda ella peor que al principio. ¡Y esa belleza de brazos tatuados, todos fuertes, que tiene!

Porque hermoso sí es.

Raúl

No hay caso con la sal de los saleros si el aire está tan cargado de agua como aquí. Ni siquiera los saleros comunes funcionan, mucho menos las perforaciones en la cucharita de corozo. En la finca de la abuela de Raúl, zona cafetera también, había unas gallinitas de vidrio que uno destapaba para servirse la sal con los dedos. Hay tres tipos de zona cafetera: zona cafetera húmeda, zona cafetera muy húmeda y zona cafetera extremadamente húmeda, como esta. Cuando la niebla es demasiada y se queda mucho rato, Raúl prende la chimenea, no para combatir el frío, sino la tristeza.

Nada más bello que un cafetal antiguo, como es este de aquí, tomado por la niebla. Los guamos están llenos de parásitas y va uno recorriendo el cafetal y de pronto se tropieza con algún naranjo retorcido y también lleno de quiches y musgo y bromelias minúsculas, medianas y mayúsculas. Sobre las piedras —y allí las hay muy grandes, como vacas, como casas, como iglesias— se forman capas gruesas de musgo, de las que brotan los helechos.

Ese era otro tema con el que Julia lo venía enloqueciendo: las piedras. Cada vez que salían a caminar se quedaba mirándolas con esos ojos negros y profundos suyos, y decía que las piedras eran seres vivos. Si pasaban por el estanque decía que las tilapias parecían delfines; si pasaban por las piedras, que estaban vivas. Una y otra vez, como esperando su admiración. Aquello era para enfurecer a cualquiera. Y como a él se le notaban la exasperación y la falta de respeto por su sensibilidad de poeta, Julia se ponía insoportable y se desencadenaban las peleas.

Todavía no entiende bien Raúl lo que ocurrió entre ellos durante los cinco o seis meses anteriores a la separación. Ella lo abandonó en todo caso y siguieron para él aquellos meses más que horribles en los que estuvo tan cerca de la muerte. A la pobre Raquel le tocó verlo en lo peor, pues cuando se sintió tan mal, para allá se fue. Y lo que más le llama la atención a Raúl es que todo se veía venir desde el principio y de nada le sirvió saberlo, pues cuando ocurrió fue como si le arrancaran la carne de los huesos. Al abandonarlo así, con una nota en la mesa de noche que empezaba diciendo «Me fui, lo siento»… ella… ¿Ah? Brutal la forma como se arrancó de él. Intencional, para vengarse, para acabar con él.

RAQUEL

Huellas de gaviotas en la nieve. No hace mucho estuvieron aquí en la terraza, pues no ha parado de nevar y no se han borrado. Volando casi a la medianoche, según eso. Ya sabía Raquel que algo así la esperaba. Cansa la forma como le pasan a ella esas cosas. Gaviotas nocturnas ahora, miren pues. Y oyó muy clara la voz de Julia esta mañana, cuando subía en el ascensor con otras cuatro personas. Giró rápido la cabeza y una mujer desconocida le sonrió.

Las gaviotas vienen del río, al frente, grandes y sanas, alimentadas de peces y basura. Persiguen los barcos y les reciben a los turistas los Doritos de la mano. *Y tú, Walt Whitman, duerme a orillas del Hudson con la barba hacia el polo y las manos abiertas. Arcilla blanda o nieve, tu lengua está llamando camaradas que velen por tu gracia sin cuerpo. Duerme, no queda nada*, dice Lorca. Raquel recuerda la novela de Faulkner, en la que el muchacho ese camina por ahí, sabiendo uno, el lector, que se va a suicidar, es decir, que ya está muerto. Muertos que están allí pero ya no son ellos. Muertos vivos. Rulfo también, claro. *Tu gracia sin cuerpo.* Hermosísimo. Muy propio de García Lorca, aunque también lo podría haber dicho Rulfo. Julia, muerta en vida. Cruel decirlo, pero mejor desaparecida ella que muerto Raúl. Nadie tiene la culpa de sus carencias de talento, pero sí de culpar al prójimo por ellas. ¿O cada cual tiene la culpa de sus carencias de talento? También podría ser.

A Inwood, Raúl les llegó hecho una garra, como dicen. Se le caían los pantalones, no de lo flaco, porque eso nunca va a pasar, sino de los kilos que había perdido. Y traía la cara arrugada y gris, como si se estuviera deshidratando por la acción de algún veneno. Si a veces Raquel siente lástima de Julia, por lo que le pasó, la lástima se le quita cuando se acuerda de la cara que tenía Raúl, de las ojeras. Era una persona de esas que no son sinceras ni con ellas mismas. Publicista al fin de cuentas. Uñas filosas. Vanidad aplastante. Por aquellos días Raquel miraba continuamente el blog de Julia, y el engreimiento era de no creer. En uno de sus poemas ella era viento huracanado que descuajaba los árboles de la montaña. Raúl vendría a ser la montaña, calcula Raquel, por el sobrepeso, y especialmente por su tendencia a estarse quieto. Y la montaña quedó vuelta pedazos por el viento huracanado. ¡Causar tanto dolor y salir después con semejantes babosadas! La impudicia era increíble. Y la indiferencia. Mientras Raúl daba tumbos por ahí, como perro envenenado, ella publicaba en su blog poemas sobre palomas que se asoleaban en los techos. Como si nada estuviera pasando. Y después salió la serie de poemas del asesinato, en los que se justificaba por haberlo matado a él, casi se jactaba. O se jactaba, sin casi. Pasó sin transición del viento huracanado a las palomas asoleadas, al orgullo de haberle asestado a su amante una puñalada mortal. Un verso en especial recuerda Raquel: *Fue imperativo asesinar, para ser yo misma y levantar el vuelo.* Produce escalofrío. Ahora recuerda sus zalamerías con esa gata que tenía y con los chandosos de Raúl. Julia decía que quería más a los animales que a la gente. Les hablaba en media lengua. Personas que se refugian en el amor por los animales y sienten desafecto por la gente. Peligrosas. Para Julia el todo era escribir. Después del asesinato de Raúl, y otra vez sin transición, siguió con otro poema semejante al de las palomas.

No era alucinación. Allá van las gaviotas, volando de noche y en plena nevada. Es una pesadilla. El resplandor de la ciudad las confunde. Entrarse ya al apartamento, piensa Raquel, pues esto bonito está, pero no bueno, y si sigue en esa terraza quién sabe qué cosas va a terminar viendo.

Esa nieve densa y menuda ya parece niebla.

RAÚL

Raúl se aprendió de memoria la nota de despedida, pero seguía sin entenderla:

Me fui, lo siento. Lo que tú juzgaste y has juzgado todo el tiempo como intelectual no ha sido otra cosa que mi corazón. Mi alma, mi manera de estar viva en este mundo. Como soy yo, toda, entera. Luego de tu planteamiento ayer, por teléfono, vi claro lo que nos pasó. Por eso hoy que sé más, creo que no pude estar más contigo, a pesar de amar

el sitio donde vives, a pesar de todo lo hermoso que tenía-
mos, a pesar de perderte, tú que eres un hombre hermoso
y que dice y tal vez me ama. A pesar del dolor que tengo
y aún está por venir. He buscado cuándo pasó. Y creo que
hace un rato, aunque no lo supe conscientemente. Tal vez
la copa se llenó cuando te mandé el poemario y no pude
comprender tu reacción, tan intelectual (ahora sí). Y me
enojé y quedé fría (¿recuerdas que te llamé esa vez y te dije
algo como «Así me partes en dos»? ¿Recuerdas?). No sabía
bien la trascendencia de lo que decía, pero estaba diciendo
algo que hoy puedo reconocer. Y tal vez se rebosó la copa
cuando hablándote yo de un escritor que escribe admira-
ble, hablo de esa admiración y también de mi dificultad
dolorosa para llegar allá, y te enojaste. Y ahora, cuando a
mi confesión de no sentir reconocimiento por parte tuya,
no en lo formal del oficio que eso no es lo que importa, sino
en su corazón y expresión, tu análisis y conclusión es que yo
quiero una relación intelectual y a ti realmente eso no es lo
que te interesa, que a ti lo que te interesa es una relación
sensual (no sé si fue la palabra que utilizaste; si no, fue
una parecida), y hablas veladamente del amor, entonces la
claridad que aún no tenía, se me vino de golpe. Lo que ha
sido mi corazón, mi amor y mi ser íntegro puesto para ti y
para otros en mi escritura, no lo pudiste ver ni reconocer.
Lo juzgaste y lo has juzgado como intelectual y así lo has
y me has rechazado con ello. De ahí mi dolor y mi rabia,
por ti conocida. Tal vez de ahí tu fastidio y tu silencio. Y tu
mirada fría y racional ante lo que te he compartido.

Todavía a Raúl le causa algún dolor.

Lo dejó porque no le gustaron los poemas de los iris, piensa Raúl, pues él nunca juzgó nada como intelectual. El intelectualismo o la falta de intelectualismo le importan poco y no acostumbra hablar veladamente de nada. Trágico todo, si lo miramos bien. Es como si él la hubiera abandonado porque a ella no le gustaran sus saleros de concha de coco. Sus saleros no son él. Raúl estaba enamorado de su carne y de sus huesos, de sus ojos, no de esos poemas. «Esta maricada está mal escrita», comentó Raquel sobre la nota. Raúl le había dicho a Julia que a él no le gustaban sus poemas demasiado; que lo que le gustaba era la manera como ella miraba el mundo. Por supuesto que no le creyó o no le entendió. Trágico. Le gustaba como cantaba. ¿Por qué no se dedicó mejor a eso? La mirada de sus ojos negros le gustaba. Nunca sabe uno por qué se enamora de otra persona.

RAQUEL

Antes la gente veía llegar las ánimas a la medianoche mientras cosía en la Singer, hoy la agarran frente al computador. En las entradas antiguas del blog de Julia, Raquel encontró otro poema de la serie de asesinatos. Premonitorio. Aterrador. Y un poco menos inerte, artísticamente hablando, que su promedio de poemas. *Un día llegará el castigo, un día el daño infligido alcanzará mi cuerpo. Otros serán los asesinos. Otros, los condenados a descargar la daga, a ejercer la muerte y que la vida siga.* Tenía, pues, que matar a Raúl para ella misma levantar vuelo. Un vuelo que nunca levantó, al fin de cuentas, pues, en opinión de Raquel, siguió escribiendo igual de flojo. Pero era muy consciente del daño que había causado y se sabía merecedora de castigo. Y el marica de Raúl hasta el día de hoy sigue tratando de entender lo ocurrido, piensa Raquel. Como un perro tratando de entender el camión que le pasa por encima. ¡Nada que entender! Aquí lo que hubo fue narcisismo. Vanidad patológica. Intento de asesinato. Y ahora parecería que ejercieron la muerte en ella o algo peor que la muerte y que le llegó el castigo. ¡Ay, Dios!

Se despertó Julián. Suena como un caballo en el baño cuando orina. Y salpica, pero menos que otros que Raquel ha conocido. En unos segundos, de regreso del baño, le va a decir «Hola, negra», y va a seguir para la cama. Ya casi se acuesta Raquel también, para descansar por fin de esa mente de ella, que no para. A veces le basta con tocar un poco a Julián y ya logra alivio de tanta oscuridad como debe vivir a ratos. Es un consuelo por todo lo crispante, lo profundo, lo fatal de su existencia. Viven Julián y ella la explosión de luz de un polvo y casi siempre queda como nueva, lista para enfrentarse a las lobregueces de este mundo. Pero no siempre. A veces el efecto es el contrario, el insomnio se hace más profundo, y entonces vuelve a la cocina y se sienta al oscuro en la silla, frente al té, con sus búhos y sus murciélagos.

La paz, al puro final, y a veces casi con la luz del día, siempre llega. Duerme dos horas y sigue para ella un día duro en la escuela. Es difícil, bien corta de sueño, meterles en la cocorota algo de Joyce a jóvenes del Bronx con facha de matones. El soliloquio de Molly les gustó. También la cagada de Leopoldo después del desayuno de riñones. «Yielding but resisting», dice de Bloom, que no quiere dejar ir demasiado rápido lo que guardan sus intestinos. Asqueroso y genial. Con ese fragmento no había pierde con los muchachos, hacer que lean aunque sea eso. Después consiguen trabajo por ahí y no vuelven a tocar un libro en la vida. Por lo ignorantes que son sus ciudadanos y lo violentos que son sus gobiernos, y sobre todo por lo hipócritas, piensa Raquel, los gringos son la primera potencia mundial. A los indios les regalaban cobijas infectadas con viruela y, así y todo, seguían siendo los buenos, los que regalan cobijas a los pobres. El país de la buena conciencia. Están convencidos de que si lanzaron dos bombas atómicas contra la población civil, lo hicieron para salvar vidas. Quevedo y Góngora escribieron también sus asquerosidades geniales, que no se vaya a creer Joyce tampoco. Nadie inventa nada. No hay necesidad. En cada ser humano hay un niño al que le gusta decir popó.

Julia

Me contó Aleja que Raúl había salido como loco para un lado y después para el otro, dando tumbos como un animal enfermo. Bueno ¿y qué podía hacer yo? Al principio él llamaba a Aleja, para mirar si había alguna posibilidad de que volviéramos, pero ya después dejó de hacerlo. A mí me llamó dos o tres veces, pero no consideré apropiado contestarle. Dejó un mensaje de texto en el que decía que se estaba asfixiando, que por favor lo ayudara, que lo llamara. No lo hice. Fue la última vez que trató de comunicarse. Cuando yo tomaba decisiones como esa, era íntegra, de una pieza, y rara vez daba marcha atrás. Si había vuelto con él después de que él quiso separarse, había sido porque yo consideraba que aún nos faltaban cosas por vivir juntos. Pero ahora era distinto. Estaba cansada de nuestra situación y era yo quien se había visto obligada a separarse. Y yo era incorruptible. «¿Qué quieres que yo haga, Aleja?», le dije. Por favor, resérvate tus opiniones para los asuntos que en realidad te incumban.

Y vean ahora. Mucha paz. ¡Qué profundo es todo!

Aleja

Aleja fue a ver si Katerina se había dormido. Estaba despierta y dijo que le costaba trabajo acostumbrarse a las pelotas de tenis. Aleja le aflojó un poco la faja, que se las estaba clavando demasiado en los omoplatos. «Ensaye otro rato, niña», le dijo. «Es que usted cuando ronca pone a temblar el edificio».

Y allá está.

Otra vez el teléfono. No contestar, no, piensa Aleja. Si se muestra ansiosa, todo se va a echar a perder. Hacerle entender que ella también sabe que es bonita, que el bonito no sólo es él. Con esas piernas suyas, Aleja puede tener el hombre que le dé la gana. No tocarse allá ahora, no. Concentrarse en el tercer ojo. La inspiración da poder, la espiración purifica. Con una respiración balanceada movemos montañas. Colgó. Va a llamar una vez más y ya va a dejar de molestar por hoy. No va a dejar mensaje. Diez para las doce.

Qué lentas pasan las horas, como dice Daniel Santos. Después de tantos años de ballet, no logra Aleja entusiasmarse del todo con la música tropical. Le gustan ciertas cosas, y baila salsa muy bien, pero lo disfruta menos que el ballet o la danza flamenca. En las discotecas los hombres le preguntan que si es bailarina profesional, y después, invariable, le dicen que tiene piernas de bailarina. Entonces, más invariable todavía, viene lo de siempre. Los hombres son demasiado brutos. Como si esperaran que ella fuera a contestarles: «¿Tengo piernas bonitas? Entonces sí, sí, listo, listo, nos vamos, ¡motel, motel, motel!».

Humberto es uno que sí sabe hacer las cosas. Están hablando de astrología o de viajes por Colombia, por ejemplo, y de repente, sin saber cómo ni cuándo, lo tiene ya encima, pum, ella toda mojada, chupándole los pezones. Peligrosísimo. Y Aleja siempre tiene la impresión de que el fantasma de Julia se va a arrimar a mirarlos desde arriba, donde ella se deje llevar y no ponga freno. Va a abrir los ojos con Humberto encima y Julia va a estar toda verde y ojerosa al lado de la cama o del sofá, mirándolos con melancolía. El hermano de Humberto, Miguel, también es muy buenmozo, pero es creído. Y se ofreció de socio. ¡La zarandeada que le pegan entre los dos donde los deje entrar en su negocio!

RAÚL

Raúl se estaba enloqueciendo en la finca. Llamó entonces a uno de esos taxis medio desbaratados que funcionan en la zona, para que lo llevara al aeropuerto, y se fue para Cartagena, a un apartamento frente al mar, que le prestó su amiga Inés. Muy buena amiga. Muy preocupada por él. Raúl pensó que estar en el mar le ayudaría, pero fueron seis días de calor y angustia. Caminaba como un fantasmón por la playa o como una sombra al pie de las murallas, apestando, pues olvidaba bañarse, en medio de las oleadas de turistas que olían a bronceador de almendras o de coco. Sufrimiento de pesadilla. El infierno fue creado a imagen y semejanza de las ciudades turísticas del trópico y viceversa. Las turistas llenas de cremas y arrugas y pavas se convertían en demonios. Regresaba al apartamento ya por la noche, después de caminar sin descanso. Hubo días en que pasó más de treinta veces por los mismos sitios. En el parque de Bolívar se fumó un millón de cigarrillos. Por las noches alcanzaba a dormir una hora seguida, si acaso, y se despertaba asfixiado y con el alma en carne viva. Por fortuna el apartamento era fresco, pues lo ventilaba la brisa del mar. Volvía a dormirse, sin descansar, tan agobiado durante el sueño como lo había estado en la vigilia, y se volvía a despertar a contemplar sus llagas. Estaba pendiente del teléfono celular, que mantenía a mano, aunque bien sabía que Julia no iba a llamar. Raúl lo miraba cada rato, por si acaso habían llegado mensajes o tenía llamadas perdidas y no lo había oído sonar. Amanecía y volvía a salir a caminar. Otra vez fumaba cigarrillo tras cigarrillo en el parque de Bolívar. Sin comer. A veces volvía al apartamento por la tarde y se quedaba sentado en el balcón en una silla, mirando el mar sin verlo. Cuando uno logra mirar el mar y no verlo, es porque tocó el límite. Afortunadamente, Raúl no bebe. Por fortuna el suicidio no está en él, pues el apartamento quedaba en un séptimo piso y se prestaba. Le dejó un mensaje de texto a Julia en el que le decía que se estaba asfixiando, y le pedía auxilio. Nada contestó. Raúl le deseó la muerte. No volvió a llamarla nunca jamás. Desde lo más profundo del sufrimiento perdió el poco respeto que conservaba por ella. Tenía que ser uno un total imbécil o un demente para abandonar a alguien de esa forma por culpa de unos borrones en un papel. Incluso los de García Lorca y los de César Vallejo fueron sólo eso al fin de cuentas, borrones. Causarle a otro ser humano tanto sufrimiento por esa razón le parecía monstruoso. Ella había dejado de llamarlo, para matarlo de asfixia. El que a asfixia mata a asfixia muere. Todas esas imágenes e ideas confusas le daban vueltas, en el balcón frente al mar o en alguna banca de algún parque de la antipática ciudad vieja, mientras fumaba sin parar.

La odiosa ciudad vieja.

Los pobres de Cartagena se levantarán algún día y pasarán a cuchillo y arrojarán al mar a todos los turistas. A los del montón, como él, pero sobre todo a los miembros de los *jet sets* locales o internacionales que se dejen cazar por las calles. Miseria y opulencia abismales. Ojalá Inés no ande por allá cuando aquello pase. Con ella se debería casar algún día, porque es noble e inteligente y excelente compañía. Si primero no la linchan en la revuelta, claro. Recordando la locura de calor y dolor que vivió entre esas murallas —en esos parques tan repletos de turistas recalentados por el sol y por la ansiedad de comprar barato como de vendedores ambulantes desesperados, insistentes, desnutridos, descendientes de los esclavos que siglos atrás fueron subastados en esos mismos parques—, Raúl aprecia aún más la lluvia que por estos días ha contemplado tanto que ya casi se le queda adentro. Aprecia aún más esta oscuridad del agua. Estas montañas de follaje, sol y nieblas. Es lo suyo. Bello es el mar Caribe, sí, pero cuando no hay muchos humanos, solamente los de allá. En temporada alta es, como dice Raquel, tremendo cagadero. Y mucho más si uno está todo jodido, como estaba él.

Aleja

Se la comen, el par de hermanos, donde Aleja los deje entrar en su proyecto. Y ya Humberto le venía recomendando otro socio, un tercero, y ella le dijo no, no más, por favor, gracias, yo no soy negociante y prefiero ir despacio y sin mucha gente. No le podía decir demasiado pronto que lo dejaba entrar a él, sí, pero sólo a él. Y no va a ser nada fácil la situación con Diana, pues lo odia a muerte, y si él invierte, va a querer mandar. Aleja tiene que hacerse la difícil o, de lo contrario, ni recupera sus treinta millones ni logra sus ganancias, así tenga

Humberto ahora el capital que heredó de Julia y gran parte de ese capital esté líquido, aunque él diga lo contrario. A Julia le gustaba tener la plata a la mano, varios CDT con distintas fechas de vencimiento, cuentas de ahorros y eso. Lo que Aleja debe hacer es dejar todo en el aire. Es lo que más conviene por ahora. Darle esperanzas a Humberto y evitar a toda costa que se entere de que tiene esos apartamentos y este edificio o, tarde o temprano, Aleja va a correr peligro. La gente piensa que las bonitas son sólo bonitas. Julia misma estuvo toda la vida algo despistada, y era su mejor amiga, ni más ni menos, pues ella era atractivísima, pero no bonita, lo que se dice bonita, y se mostraba condescendiente con Aleja. Y como no le gusta mucho leer, y menos poesía, la suponía más tonta de lo que es. Lee a los maestros de yoga, sí, para poder transmitir sus enseñanzas en clase. El yoga no nace en la cabeza sino en el corazón y en el vientre. Son muy raros los afectos. Aleja no entiende cómo pudo estar tan apegada tantos años a una persona tan engreída. A ratos le provocaba matarla. Pobre. Tenía su nobleza.

RAÚL

Increíble haberse quedado tantos días en Cartagena en plena temporada turística. En el estado de conmoción en que se encontraba fue incapaz de hacer la diligencia de cambio de pasaje y escapar de allí. Seis días de pesadilla, y otra vez aeropuerto, avión, aeropuerto.

En Bogotá pasó por la casa un momento, a saludar a sus hermanos, y salió otra vez para la finca. Alberto le dijo que parecía enfermo del hígado; Lucía, que con ir de un lado para el otro no iba a solucionar nada. Bus. Taxi en el pueblo. Finca. Horrible la llegada. Sin Julia todo aquello estaba muerto. Pasó dos días allí mirando los guaduales muertos, los bambúes muertos, el Nevado del Tolima muerto, los cafetales muertos. Los días eran soleados, esplendorosos, frescos. Muertos. Al señor que le ayudaba por esos días en la finca le encargó del pueblo un tarro de reconstituyente en polvo, pues había dejado de comer casi del todo. Tenía que irse de allí. Si se quedaba, se moría. Raquel lo invitó a estarse con ellos unos días. «Voy para allá», le dijo Raúl. Taxi. Aeropuerto. Deseó que el avión se estrellara y se acabara todo.

No se estrellaron. Cuando salió del aire acondicionado del aeropuerto de Newark a tomar el taxi, lo recibió un muro de calor. El calor fue lo suyo en todo aquello de Julia. En agosto, el calor y la humedad en Nueva York alcanzaban el clímax. Cartagena estaba fresca en comparación. Rara la sensación de estar tan abatido y sudar a chorros. La angustia es más acorde con el frío. Las estaciones del *subway* eran hornos malolientes. La fealdad humana, exacerbada por su estado de ánimo, también se encontraba aquí en el clímax, como en Cartagena. Aquí como allá seres humanos monstruosos lo perseguían a donde fuera. Recuerda al homosexual negro, de gafas negras, con la llaga rosada en la mejilla. Pasó de dar tumbos en Cartagena a dar tumbos por los cinco condados. El dolor lo perseguía como los tarros que los niños malvados les amarran de la pata a los gatos. No lloraba en público —ni en privado— ni gritaba, por supuesto, e incluso conversaba con quienes quisieran hablarle. Pasaba de mirar con demasiada intensidad alguna cosa a dejar perdida la mirada en el vacío. Se quedaba sentado media hora, una hora, en alguna banca del East River Park, o en alguna estación lejana del tren A, cerca del mar, hasta que tomaba otra vez el *subway* y se iba con su desolación para otra parte. En Sheephead Bay, Brooklyn, estuvo muchas veces. Nómbrenle el parque y allí estuvo. Ratos muy largos en Prospect Park, Central Park, Tompkins Park, Bryant Park, los Cloisters, e incluso en las lejanas playas de Long Island, atestadas de bañistas. Maloliente, sentado en la arena, completamente vestido, horas, mientras a su alrededor saltaba gente en vestido de baño, lanzándose pelotas o agitando raquetas. Una tarde se sentó en las bancas de mármol de las escaleras de la biblioteca de la 42 que llevan al segundo piso y sollozó tres veces. Eso fue todo lo que lloró por ella. La gente lo miraba.

A Coney Island volvía una y otra vez, como si se estuviera quedando allí y no en el apartamento de Raquel.

Ya.

Desde niña, Raquel le tiene miedo a la medianoche. Cree que es la hora en que la muerte está más cerca.

JULIA

¡Humberto malo, malo! ¡Humberto malo!

ALEJA

Las pelotas de Katerina funcionan. Lleva mucho tiempo sin roncar. Éxito. A Aleja las cosas le marchan y es porque tiene presencia. La técnica de la presencia, cuando se la practica bien, permite que la intuición fluya y, remplazando la actividad de la mente razonadora, disipe la ilusión. No sólo dejó de roncar, Katerín, sino que además está dormida. Y no es fea, pero no parece demasiado flexible ni atlética. Claro que en dos meses Aleja la tiene como un caucho y le quita hasta la apnea. Otra sucursal podría ser por los lados de Niza. En un año tiene a esta niña lista para lo que sea. Mientras aprende, seguir con el salario mínimo, claro, y ayudándole igual en la casa. Es una oportunidad lo que Aleja le va a brindar, no un regalo. Después se harán ajustes de salario, si es del caso. Medianoche. Aleja se trasnochó otra vez, y lo malo es que no tiene sueño. Necesita dormir sus nueve horas o no le rinde el día. Lo que desvela es la teína del té, tan fuerte como la cafeína…

Teléfono.

No se imaginó que Humberto fuera a llamar otra vez, buena señal. Puede que deje mensaje, ahora sí, pues ya debe estar con sus whiskies. Aleja duda de que Humberto se haya acordado del cumpleaños de Julia, y no quiso decirle nada, para qué, mientras menos la mencionen ellos dos, mejor. La vida continúa, la rueda de las transmutaciones y los cambios no se detiene.

Borracho tiene que estar para dejar ese mensaje tan subido de tono. Quiere besar la rosa azul de su vientre, dice. Quién sabe de dónde sacó el sinvergüenza lo de la rosa, porque él tan poético no es. Borrachos, todos los hombres se ponen poéticos. Julia decía que Humberto con el licor se ponía de un malhumor violento. Julia veía ofensas donde no las había. Si ella no era el centro de la atención, se ofendía y te acusaba de mal humor, cuando justamente era ella la que se ponía furiosa y se contenía, pues no le gustaba que se le notara... Sí ha oído Aleja que Humberto con los tragos se pone difícil. ¿Sería así como hizo lo que hizo?

A esta hora exacta, Julia habría cumplido cuarenta y tres años.

RAQUEL

Mejor sería acostarse ya y dejar de mirar caer la nieve, piensa Raquel. Casi veinte centímetros de colchón en la escalera, y sigue cayendo. Ya se van distanciando de la medianoche, como un palo en la marea. El cuento de Maupassant de los dos guías que se quedan solos en un albergue alpino durante el invierno y uno de ellos enloquece. Lo lóbrega que puede ser la nieve. Aquí está. Índice. *El albergue.* Aquí. *Una blanca nube algodonosa, movediza, enorme y ligera, se abatía sobre ellos, en torno a ellos, sin ruido, los sepultaba poco a poco bajo un tupido y sordo colchón de espuma. Ello duró cuatro días y cuatro noches. Fue preciso liberar puertas y ventanas, abrir un pasillo y hacer unos escalones para salir de entre aquel polvo de hielo que doce horas de helada había vuelto más duro que el granito de las morrenas.* ¿Morrenas? No buscar. Son más bonitas las palabras que uno no conoce. La que más le gustaba a Raquel en *Rinrín renacuajo* era «oronda», cuando el poema decía «y *oronda* se va». Ni idea tenía ella, a los seis años, de lo que era esa maravilla, y ni falta que le hacía y poco que se interesó en averiguarlo. Se conocía al revés y al derecho la biblioteca de la casa. Raúl se quedó con ella, no sabe Raquel para qué, pues él lee asuntos de botánica y afines, y la biblioteca era de literatura. Y ni modo de traerse todos esos libros para Nueva York. Allá se le van a podrir a Raúl, con esa llovedera. Cuando Raquel lo visitó, él le contó que en temporada de lluvias uno escarbaba un poco la tierra y brotaba agua.

—¿Esto no es temporada de lluvia, entonces? —preguntó ella, mientras pasaba la niebla y dejaba caer goterones por todas partes.

—Para lluviosa la tierra de mi mamá —dijo Raúl como si fuera la respuesta lógica a la pregunta de Raquel. Y razón tenía. En el Chocó a la gente le sale moho en las sandalias mientras se abanica en la sala.

Claro que tampoco se va a acostar a que la mente le dé vueltas a la misma rueda, como un hámster. Tirar no quiere. A Julián mejor que ni se le ocurra. Y le da miedo volver a soñar con aquello de Julia. Raúl dice que para él ya es la segunda vez que Julia desaparece. Con la primera tuvo suficiente y prefiere no pensar mucho en la segunda. ¡Si a Raquel le gustara el whisky!

«Véanme a mí, pues, toda enredada con eso, yo, que no tuve arte ni parte en esa vaina. Y es a mí a quien le va tocando tener la pesadilla».

ALEJA

Invitar a Humberto el domingo a almorzar, que no esté Katerina, claro, y que no sea almuerzo vegetariano, pues él es carnívoro y me quedo corta, piensa Aleja, que va a la cocina a prepararse una infusión de manzanilla. ¿Dónde pondría esta niña la olla pequeña? Todo lo mueve de sitio. ¿Y las bolsitas? Por lo menos ya pasó el cumpleaños de Julia. Incluso ahora que no está se las arregla ella para molestar con eso. También Aleja celebra los suyos, claro, pero no hace tanta bulla. ¿Dónde dónde *dónde* pondría las dichosas bolsitas? A Aleja le da pesar despertar a Katerina sólo para eso, y desiste de la manzanilla. Canela y clavos, entonces. El domingo le va a dar a Humberto lomito fino de cerdo en salsa de ciruelas pasas, verduras al vapor, puré de papa criolla con vetas de puré de arvejas, vino rojo, *crème brûlée*, café, coñac.

Hirvió. Todos los hombres se enamoran de ella hasta perder la cabeza, y es que Aleja sabe llevarlos al cielo, de la mano, como a niños, por el camino de la sensualidad. Misticismo y sensualidad no tienen por qué estar reñidos. Y Humberto ya tiene ese brillo en la mirada, que es inconfundible, pues vio lo que ella es, y está encandilado y perdido. Y también es consciente de que Aleja sabe mucho de lo que pudo pasar entre él y Julia, cosa que no le conviene. En conclusión, Aleja tiene la sartén por el mango.

Quince minutos en reposo, para que el clavo y la canela liberen su esencia.

Los yoguinis tienen vías de conocimiento que los policías ni sospechan. Es más fácil hacer islas flotantes, pero Aleja prefiere la *crème brûlée*. El demasiado deseo que despierta en Humberto es un arma usada para el bien, en este caso, no para el mal. «Pedirle prestado a mi mamá el soplete de postres». Y a Aleja la esperan otra vez sus nueve orgasmos, que fue el tema en su clase de la mañana sobre yoga y sexualidad. Dicen en el libro: *Los nueve orgasmos de la mujer se consideran como un puente entre los mundos espiritual y físico, ya que cuando una mujer los experimenta, siente «la pequeña muerte», que la lleva a hacerse una con la fuente de toda creación, con el Tao.*

Pequeña muerte y se quedan cortos.

RAÚL

En Nueva York, Raúl aguantó calor como nunca. Iba de un parque a otro con su dolor a cuestas. Un mes en esas, hasta que un día le dijo a Raquel que se regresaba a Colombia, y ella opinó que sí, que ya era hora de que se volviera para la finca y se pusiera a trabajar. Raquel lo veía mejorcito. Ya por lo menos estaba cambiándose de calzoncillos y bañándose todos los días.

Pero Raúl no llegó a la finca. En el aeropuerto de Bogotá recibió la llamada de un arquitecto amigo que le preguntó si quería construir una capilla en un pueblo de Caldas. La capilla iba a ser provisional, dijo, y solamente funcionaría mientras reparaban la iglesia. En el mismo aeropuerto, Raúl compró pasaje y salió dos horas después. Seguía dando tumbos. Primero había creído que el mar lo aliviaba; luego, que Nueva York lo aliviaba; y ahora, la capilla en el pueblito ese.

Sonia subió a acostarse.

Pero esta vez pudo salir del infierno.

El lote era bonito y se prestaba. El paisaje: zona cafetera cálida, fértil, espectacular. Al frente tenía dos árboles florecidos de tulipán, más bellos que cualquier catedral o iglesia que ser humano alguno sea capaz de construir. Por fortuna allá están todavía, no los tumbaron después junto con la capilla. El amor de Raúl por el mundo fue tan grande cuando vio esos dos tulipanes como lo había sido por Dios cuando era niño y creía en él. Traía los nervios deshechos y habría podido sentarse a reír o llorar de alegría por la existencia de las flores anaranjadas de los árboles, pero se supo controlar. «Listo, yo les hago la capilla, claro», les dijo, y cobró lo que vale su trabajo, es decir, mucho, como siempre.

Invirtió en la obra una cantidad de energía equivalente a lo que había sufrido, pero en sentido inverso, como el que bracea para ganar la superficie. No se encontraba en su estado normal, ni mucho menos. Exaltado estaba. La capilla iba a expresar sus intensos sentimientos de admiración y afecto por todo lo que existe. Hace poco vio el video que hicieron por esos días a propósito de la obra, y quedó sorprendido, pues parecía un místico de esos que andan tan alucinados que no tienen tiempo ni para un ocasional chiste. Pupila dilatada y todo. Seis meses de trabajo intenso y al final estaba Raúl del otro lado. La llegada de Sonia lo terminó de rescatar. No había olvidado a Julia, claro que no, todavía no la ha olvidado, pero ya la aflicción había dejado de asfixiarlo. E incluso después, cuando supo que estaba viviendo con Humberto Fajardo, su reacción no fue de dolor sino de sorpresa. De asombro, cuando supo que se habían casado con todas las de la ley. Esos se van a matar, fue todo lo que pensó. Y de allá para acá la sana indiferencia ha ganado terreno lentamente, como la vegetación cuando recupera una ladera pelada o un parche de tierra calcinada.

Ahora no sabe lo que pueda pasar. Nada, supone Raúl. A ella ya no la encuentran y a nadie podrán probarle nada. El dolor que le queda ya no tiene que ver con que ella exista o haya dejado de existir. Y los de Raquel son sueños. Hermosos en su horror, incluso, pero sólo eso, sueños, y a Dios gracias, pues si fueran realidad este mundo sería tan lóbrego como a veces parece ser.

Salvo cuando sueña, Raquel es más bien feliz.

Son bonitas las luciérnagas cuando escampa un rato, como ahora, pues la oscuridad de la noche queda muy limpia y brillan con especial intensidad. Escampó, pero sigue tronando. En menos de diez minutos se vuelve a largar el aguacero.

ALEJA

Y así recupera la inversión, saca sus utilidades y la pasa bien. Mañana se pone minifalda. Sus nueve orgasmos. Ahora sí, a dormir.

«Y puede que hasta nos casemos».

Raúl

Tal es la abundancia de agua por estos lados, que incluso hay cangrejos. Son como de cedro barnizado. Feroces. Cuando uno se acerca, hacen sonar las tenazas con un ruido parecido a las claquetas de la meditación zen. Y hay caracoles del tamaño de un puño, muy armoniosos, de concha también de color de cedro y curvas suaves. Un artesano le podría tallar a Raúl un caracol y un cangrejo de madera. Pero ni cangrejos ni caracoles hay demasiados tampoco y, cuando se le aparecen a Raúl, los primeros por los caminos cruzados de arroyos, los caracoles en los árboles o en las piedras, es como si los viera por primera vez.

Sonia apagó la luz.

«Si no me paro de aquí me salen almorranas».

Julia

Era verdad. Sigo hundiéndome. No tenía fondo esta laguna.